【 名 家 诗 歌 典 藏 】

穆旦诗精选

穆旦 著

长江出版传媒　长江文艺出版社

图书在版编目（CIP）数据

穆旦诗精选 / 穆旦著. --武汉:长江文艺出版社,
2022.4
　　（名家诗歌典藏）
　　ISBN 978-7-5702-2448-7

Ⅰ. ①穆… Ⅱ. ①穆…Ⅲ. ①诗集－中国－当代
Ⅳ. ①I227

中国版本图书馆 CIP 数据核字(2021)第 221325 号

穆旦诗精选
MUDANSHI JINGXUAN

责任编辑：李　艳　　　　　　　责任校对：毛　娟
封面设计：颜森设计　　　　　　责任印制：邱　莉　　胡丽平

出版：长江出版传媒｜长江文艺出版社
地址：武汉市雄楚大街 268 号　　　邮编：430070
发行：长江文艺出版社
http://www.cjlap.com
印刷：中印南方印刷有限公司

开本：880 毫米×1230 毫米　　1/32　　印张：6.25　插页：8 页
版次：2022 年 4 月第 1 版　　　　2022 年 4 月第 1 次印刷
行数：3800 行

定价：36.00 元

目 录

野兽　001

我看　002

园　004

合唱二章　006

童年　009

蛇的诱惑　011

玫瑰之歌　016

在旷野上　019

不幸的人们　021

我　023

Myself　024

还原作用　025

智慧的来临　027

在寒冷的腊月的夜里　028

鼠穴　030

哀悼　032

控诉　033

037 赞美

040 黄昏

041 春

043 Spring

044 诗八首

049 Poems

054 出发

056 Into Battle

058 自然底梦

060 幻想底乘客

062 诗

065 赠别

067 成熟

069 Maturity

071 寄——

072 活下去

074 被围者

076 忆

078 海恋

080 旗

082 Flag

084 流吧，长江的水

086 野外练习

先导　088

打出去　090

通货膨胀　092

一个战士需要温柔的时候　094

森林之魅　096

良心颂　100

苦闷的象征　102

夏夜　104

前夕　105

哀国难　107

更夫　109

古墙　111

一九三九年火炬行列在昆明　114

漫漫长夜　119

悲观论者的画像　122

窗　124

原野上走路　125

华参先生的疲倦　127

春底降临　130

伤害　133

阻滞的路　135

时感四首　137

荒村　142

144　三十诞辰有感

146　暴力

148　Violence

150　牺牲

152　发现

154　我歌颂肉体

157　I Sing Of Flesh

160　诗

163　葬歌

169　问

170　我的叔父死了

171　"也许"和"一定"

173　妖女的歌

174　智慧之歌

176　理智和感情

178　冥想

180　春

182　友谊

184　沉没

186　好梦

188　问

野　兽

黑夜里叫出了野性的呼喊，
是谁，谁噬咬它受了创伤？
在坚实的肉里那些深深的
血的沟渠，血的沟渠灌溉了
翻白的花，在青铜样的皮上！
是多大的奇迹，从紫色的血泊中
它抖身，它站立，它跃起，
风在鞭挞它痛楚的喘息。

然而，那是一团猛烈的火焰，
是对死亡蕴积的野性的凶残，
在狂暴的原野和荆棘的山谷里，
像一阵怒涛绞着无边的海浪，
它拧起全身的力。
在暗黑中，随着一声凄厉的号叫，
它是以如星的锐利的眼睛，
射出那可怕的复仇的光芒。

1937 年 11 月

我　看

我看一阵向晚的春风
悄悄揉过丰润的青草，
我看它们低首又低首，
也许远水荡起了一片绿潮；

我看飞鸟平展着翅翼
静静吸入深远的晴空里，
我看流云慢慢地红晕
无意沉醉了凝望它的大地。

O，逝去的多少欢乐和忧戚，
我枉然在你的心胸里描画！
O！多少年来你丰润的生命
永在寂静的协奏里勃发。

也许远古的哲人怀着热望，
曾向你舒出咏赞的叹息，
如今却只见他生命的静流
随着季节的起伏而飘逸。

去吧，去吧，O 生命的飞奔，
叫天风挽你坦荡地漫游，
像鸟的歌唱，云的流盼，树的摇曳；
O，让我的呼吸与自然合流！
让欢笑和哀愁洒向我心里，
像季节燃起花朵又把它吹熄。

1938 年 6 月

园

从温馨的泥土里伸出来的
以嫩枝举在高空中的树丛，
沐浴着移转的金色的阳光。

水彩未干的深蓝的天穹
紧接着蔓绿的低矮的石墙，
静静兜住了一个凉夏的清晨。

全都盛在这小小的方圆中：
那沾有雨意的白色卷云，
远栖于西山下的烦嚣小城。

如同我匆匆地来又匆匆而去，
躲在密叶里的陌生的燕子
永远鸣啭着同样的歌声。

当我踏出这芜杂的门径，
关在里面的是过去的日子，

青草样的忧郁，红花样的青春。

1938 年 8 月

合唱二章①

1

当夜神扑打古国的魂灵，

静静地，原野沉视着黑空，

O 飞奔呵，旋转的星球，

叫光明流洗你苦痛的心胸，

叫远古在你的轮下片片飞扬，

像大旗飘进宇宙的洪荒，

看怎样的勇敢，虔敬，坚忍，

辟出了华夏辽阔的神州。

O 黄帝的子孙，疯狂！

一只魔手闭塞你们的胸膛，

万万精灵已踱出了模糊的

碑石，在守候、渴望里彷徨。

一阵暴风，波涛，急雨——潜伏，

---

① 此诗收入《探险队》时，题目为《Chorus 二章》。后收入作者自选集
《穆旦诗集（1939—1945）》时，改题为《合唱二章》，文字亦做修改。此处收入
的是作者改定稿。

等待强烈的一鞭投向深谷，
埃及，雅典，罗马，从这里陨落，
O 这一刻你们在岩壁上抖索！
说不，说不，这不是古国的居处，
O 庄严的圣殿，以鲜血祭扫，
亮些，更亮些，如果你倾倒……

2

让我歌唱帕米尔的荒原，
用它峰顶静穆的声音，
浑然的倾泻如远古的熔岩，
缓缓迸涌出坚强的骨干，
像钢铁编织起亚洲的海棠。
O 让我歌唱，以欢愉的心情，
浑圆天穹下那野性的海洋，
推着它倾跌的喃喃的波浪，
像嫩绿的树根伸进泥土里，
它柔光的手指抓起了神州的心房。
当我呼吸，在山河的交铸里，
无数个晨曦，黄昏，彩色的光，
从昆仑，喜马，天山的傲视，
流下了干燥的，卑湿的草原，
当黄河，扬子，珠江终于憩息，

多少欢欣，忧郁，澎湃的乐声，

随着红的，绿的，天蓝色的水，

向远方的山谷，森林，荒漠里消溶。

O，热情的拥抱！让我歌唱，

让我扣着你们的节奏舞蹈，

当人们痛哭，死难，睡进你们的胸怀，

摇曳，摇曳，化入无穷的年代，

他们的精灵，O，你们坚贞的爱！

1939 年 2 月

童　年①

秋晚灯下，我翻阅一页历史……
窗外是今夜的月，今夜的人间，
一条蔷薇花路伸向无尽远，
色彩缤纷，珍异的浓香扑散。
于是有奔程的旅人以手，脚
贪婪地抚摸这毒恶的花朵，
（呵，他的鲜血在每一步上滴落！）
他青色的心浸进辛辣的汁液
腐酵着，也许要酿成一盅古旧的
醇酒？一饮而丧失了本真。
也许他终于像一匹老迈的战马，
披戴无数的伤痕，木然嘶鸣。

而此刻我停伫在一页历史上，
摸索自己未经世故的足迹
在荒莽的年代，当人类还是
一群淡淡的，从远方投来的影，

---

①　此诗作者曾抄给西南联大同学、诗友杨苡，题为《怀恋》。收入《探险队》时改题为《童年》。

朦胧，可爱，投在我心上。
天雨天晴，一切是广阔无边，
一切都开始滋生，互相交融。
无数荒诞的野兽游行云雾里，
（那时候云雾盘旋在地上，）
矫健而自由，嬉戏地泳进了
从地心里不断涌出来的
火热的熔岩，蕴藏着多少野力，
多少跳动着的雏形的山川，
这就是美丽的化石。而今那野兽
绝迹了，火山口经时日折磨
也冷涸了，空留下暗黄的一页，
等待十年前的友人和我讲说。

灯下，有谁听见在周身起伏的
那痛苦的，人世的喧声？
被冲积在今夜的隅落里，而我
望着等待我的蔷薇花路，沉默。

1939 年 10 月

蛇的诱惑

——小资产阶级的手势之一

创世以后，人住在伊甸乐园里，而撒旦变成了一条蛇来对人说，上帝岂是真说，不许你们吃园当中那棵树上的果子么？

人受了蛇的诱惑，吃了那棵树上的果子，就被放逐到地上来。

无数年来，我们还是住在这块地上。可是在我们生人群中，为什么有些人不见了呢？在惊异中，我就觉出了第二次蛇的出现。

这条蛇诱惑我们。有些人就要放逐到这贫苦的土地以外去了。

夜晚是狂欢的季节，
带一阵疲乏，穿过污秽的小巷，
细长的小巷像是一支洞箫，
当黑暗伏在巷口，缓缓吹完了
它的曲子：家家门前关着死寂。
而我也由啜泣而沉静。呵，光明
（电灯，红，蓝，绿，反射又反射，）

从大码头到中山北路现在
亮在我心上！一条街，一条街，
闹声翻滚着，狂欢的季节。
这时候我陪德明太太坐在汽车里
开往百货公司；

这时候天上亮着晚霞，
黯淡，紫红，是垂死人脸上
最后的希望，是一条鞭子
抽出的伤痕，（它扬起，落在
每条街道行人的脸上，）
太阳落下去了，落下去了，
却又打个转身，望着世界：
"你不要活吗？你不要活得
好些吗？"
我想要有一幅地图指点我，在德明太太的汽车里，经过无
　　数"是的是的"无数的痛楚的微笑，微笑里的阴谋，
一个廿世纪的哥伦布，走向他
探寻的墓地

在妒羡的目光交错里，垃圾堆，
脏水洼，死耗子，从二房东租来的
人同骡马的破烂旅居旁，在哭喊，叫骂，粗野的笑的大海里，
（听！喋喋的海浪在拍击着岸沿。）

我终于来了——

老爷和太太站在玻璃柜旁
挑选着珠子，这颗配得上吗？
才二千元。无数年青的先生
和小姐，在玻璃夹道里，
穿来，穿去，和英勇的宝宝
带领着飞机，大炮，和一队骑兵。
衣裙窸窣，响着，混合了
细碎，嘈杂的话声，无目的地
随着虚晃的光影飘散，如透明的
灰尘，不能升起也不能落下。
"我一向就在你们这儿买鞋，
七八年了，那个老伙计呢？
这双式样还好，只是贵些。"
而店员打恭微笑，像块里程碑
从虚无到虚无

而我只是夏日的飞蛾，
凄迷无处。哪儿有我的一条路
又平稳又幸福？是不是我就
啜泣在光天化日下，或者，
飞，飞，跟在德明太太身后？
我要盼望黑夜，朝电灯光上扑。

虽然生活是疲惫的，我必须追求，
虽然观念的丛林缠绕我，
善恶的光亮在我的心里明灭，
自从撒旦歌唱的日子起，
我只想园当中那个智慧的果子：
阿谀，倾轧，慈善事业，
这是可喜爱的，如果我吃下，
我会微笑着在文明的世界里浏览，
戴上遮阳光的墨镜，在雪天
穿一件轻羊毛衫围着火炉，
用巴黎香水，培植着暖房的花朵。

那时候我就会离开了亚当后代的宿命地，
贫穷，卑贱，粗野，无穷的劳役和痛苦……
但是为什么在我看去的时候，
我总看见二次被逐的人们中，
另外一条鞭子在我们的身上扬起：
那是诉说不出的疲倦，灵魂的
哭泣——德明太太这么快的
失去的青春，无数年青的先生
和小姐，在玻璃的夹道里，
穿来，穿去，带着陌生的亲切，
和亲切中永远的隔离。寂寞，

锁住每个人。生命树被剑守住了，
人们渐渐离开它，绕着圈子走。
而感悟和理智，枯落的空壳，
播种在日用品上，也开了花，
"我是活着吗？我活着吗？我活着
为什么？"
　　　　　为了第二条鞭子的抽击。
墙上有收音机，异域的乐声，
扣着脚步的节奏，向着被逐的
"吉普西"，唱出了他们流荡的不幸。

呵，我觉得自己在两条鞭子的夹击中，
我将承受哪个？阴暗的生的命题……

1940 年 2 月

玫瑰之歌

1　一个青年人站在现实和梦的桥梁上

我已经疲倦了，我要去寻找异方的梦。
那儿有碧绿的大野，有成熟的果子，有晴朗的天空，
大野里永远散发着日炙的气息，使季节滋长，
那时候我得以自由，我要在蔚蓝的天空下酣睡。

谁说这儿是真实的？你带我在你的梳妆室里旋转，
告诉我这一样是爱情，这一样是希望，这一样是悲伤，
无尽的涡流飘荡你，你让我躲在你的胸怀，
当黄昏溶进了夜雾，吞蚀的黑影悄悄地爬来。

O，让我离去，既然这儿一切都是枉然。
我要去寻找异方的梦，我要走出凡是落絮飞扬的地方，
因为我的心里常常下着初春的梅雨，现在就要放晴，
在云雾的裂纹里，我看见了一片腾起的，像梦。

2 现实的洪流冲毁了桥梁，他躲在真空里

什么都显然褪色了，一切是病恹而虚空，
朵朵盛开的大理石似的百合，伸在土壤的欲望里颤抖，
土壤的欲望是裸露而赤红的，但它已是我们的仇敌，
当生命化作了轻风，而风丝在百合忧郁的芬芳上飘流。

自然我可以跟着她走，走进一座诡秘的迷宫，
在那里像一头吐丝的蚕，抽出青春的汁液来团团地自缚；
散步，谈电影，吃馆子，组织体面的家庭，请来最懂礼貌
　的朋友茶会，
然而我是期待着野性的呼喊，我蜷伏在无尽的乡愁里过活。

而溽暑是这么快地逝去了，那喷着浓烟和密雨的季候；
而我已经渐渐老了，你可以看见我整日整夜地围着炉火，
梦寐似的喃喃着，像孤立在浪潮里的一块石头，
当我想着回忆将是一片空白，对着炉火，感不到一点温热。

3 新鲜的空气透进来了，他会健康起来吗

在昆明湖畔我闲踱着，昆明湖的水色澄碧而温暖，
莺燕在激动地歌唱，一片新绿从大地的旧根里熊熊燃烧，
播种的季节——观念的突进——然而我们的爱情是太古

老了，
一次颓废列车，沿着细碎之死的温柔，无限生之尝试的苦恼。

我长大在古诗词的山水里，我们的太阳也是太古老了，
没有气流的激变，没有山海的倒转，人在单调疲倦中死去。
突进！因为我看见一片新绿从大地的旧根里熊熊燃烧，
我要赶到车站搭一九四〇年的车开向最炽热的熔炉里。

虽然我还没有为饥寒，残酷，绝望，鞭打出过信仰来，
没有热烈地喊过同志，没有流过同情泪，没有闻过血腥，
然而我有过多的无法表现的情感，一颗充满着熔岩的心
期待深沉明晰的固定。一颗冬日的种子期待着新生。

1940 年 3 月

在旷野上

我从我心的旷野里呼喊，
为了我窥见的美丽的真理，
而不幸，彷徨的日子将不再有了，
当我缢死了我的错误的童年，
（那些深情的执拗和偏见！）
我们的世界是在遗忘里旋转，
每日每夜，它有金色和银色的光亮，
所有的人们生活而且幸福
快乐又繁茂，在各样的罪恶上，
积久的美德只是为了年幼人
那最寂寞的野兽一生的哭泣，
从古到今，他在贻害着他的子孙们。

在旷野上，我独自回忆和梦想：
在自由的天空中纯净的电子
盛着小小的宇宙，闪着光亮，
穿射一切和别的电子的化合，
当隐隐的春雷停伫在天边。
在旷野上，我是驾着铠车驰骋，

我的金轮在不断的旋风里急转，
我让碾碎的黄叶片片飞扬，
（回过头来，多少绿色的呻吟和仇怨！）
我只鞭击着快马，为了骄傲于
我所带来的胜利的冬天。
在旷野上，在无边的肃杀里，
谁知道暖风和花草飘向何方，
残酷的春天使它们伸展又伸展，
用了碧洁的泉水和崇高的阳光，
挽来绝望的彩色和无助的夭亡。

然而我的沉重、幽暗的岩层，
我久已深埋的光热的源泉，
却不断地迸裂，翻转，燃烧，
当旷野上掠过了诱惑的歌声，
O，仁慈的死神呵，给我宁静。

1940 年 8 月

不幸的人们

我常常想念不幸的人们，
如同暗室的囚徒窥伺着光明，
自从命运和神祇失去了主宰，
我们更痛地抚摸着我们的伤痕，
在遥远的古代里有野蛮的战争，
有春闺的怨女和自溺的诗人，
是谁的安排荒诞到让我们讽笑，
笑过了千年，千年中更大的不幸。

诞生以后我们就学习着忏悔，
我们也曾哭泣过为了自己的侵凌，
这样多的是彼此的过失，
仿佛人类就是愚蠢加上愚蠢——
是谁的分派？一年又一年，
我们共同的天国忍受着割分，
所有的智慧不能够收束起，
最好的心愿已在倾圮下无声。

像一只逃奔的鸟，我们的生活

孤单着，永远在恐惧下进行，
如果这里集腋起一点温暖，
一定的，我们会在那里得到憎恨，
然而在漫长的梦魇惊破的地方，
一切的不幸汇合，像汹涌的海浪，
我们的大陆将被残酷来冲洗，
洗去人间多年的山峦的图案——

是那里凝固着我们的血泪和阴影。
而海，这解救我们的猖狂的母亲，
永远地溶解，永远地向我们呼啸，
呼啸着山峦间隔离的儿女们，
无论在黄昏的路上，或从碎裂的心里，
我都听见了她的不可抗拒的声音，
低沉的，摇动在睡眠和睡眠之间，
当我想念着所有不幸的人们。

1940 年 9 月

我^①

从子宫割裂，失去了温暖，
是残缺的部分渴望着救援，
永远是自己，锁在荒野里，

从静止的梦离开了群体，
痛感到时流，没有什么抓住，
不断的回忆带不回自己，

遇见部分时在一起哭喊，
是初恋的狂喜，想冲出樊篱，
伸出双手来抱住了自己

幻化的形象，是更深的绝望，
永远是自己，锁在荒野里，
仇恨着母亲给分出了梦境。

1940 年 11 月

---

① 载《大公报·综合》（重庆版）1941 年 5 月 16 日。

Myself (原诗作者英文自译)

Split from the womb, no more in warmth,
An incomplete part am I, yearning for help,
Forever myself, locked in the vast field,

Separated from the body of Many, out of a still dream,
I ache in the flow of Time, catching hold of nothing,
Incessant recollections do not bring back me.

Meeting a part of me we cry together,
The med joy of first love, but breaking out of prison,
I stretch both hands only to embrace

An image in my heart, which is deeper despair,
Forever myself, locked in the vast field,
Hate mother for separating me from the dream.

名家诗歌典藏

还原作用①

污泥里的猪梦见生了翅膀，
从天降生的渴望着飞扬，
当他醒来时悲痛地呼喊。

胸里燃烧了却不能起床，
跳蚤，耗子，在他的身上粘着：
你爱我吗？我爱你，他说。

八小时工作，挖成一颗空壳，
荡在尘网里，害怕把丝弄断，
蜘蛛嗅过了，知道没有用处。

他的安慰是求学时的朋友，
三月的花园怎么样盛开，
通信连起了一大片荒原。

那里看出了变形的枉然，

① 载《大公报·综合》（重庆版）1941 年 5 月 15 日和《现代诗钞》（闻一多编，1943 年 9 月）。

开始学习着在地上走步，

一切是无边的，无边的迟缓。

1940 年 11 月

智慧的来临

成熟的葵花朝着阳光移转，
太阳走去时他还有感情，
在被遗留的地方忽然是黑夜，

对着永恒的相片和来信，
破产者回忆到可爱的债主，
刹那的欢乐是他一生的偿付，

然而渐渐看到了运行的星体，
向自己微笑，为了旅行的兴趣，
和他们一一握手自己是主人，

从此便残酷地望着前面，
送人上车，掉回头来背弃了
动人的忠诚，不断分裂的个体

稍一沉思会听见失去的生命，
落在时间的激流里，向他呼救。

1940 年 11 月

在寒冷的腊月的夜里①

在寒冷的腊月的夜里，风扫着北方的平原，
北方的田野是枯干的，大麦和谷子已经推进了村庄，
岁月尽竭了，牲口憩息了，村外的小河冻结了，
在古老的路上，在田野的纵横里闪着一盏灯光，
　　　　一副厚重的，多纹的脸，
　　　　他想什么？他做什么？
　　　　在这亲切的，为吱哑的轮子压死的路上。

风向东吹，风向南吹，风在低矮的小街上旋转，
木格的窗纸堆着沙土，我们在泥草的屋顶下安眠，
谁家的儿郎吓哭了，哇——呜——呜——从屋顶传过屋顶，
他就要长大了渐渐和我们一样地躺下，一样地打鼾，
　　　　从屋顶传过屋顶，风
　　　　这样大岁月这样悠久，
　　　　我们不能够听见，我们不能够听见。
火熄了么？红的炭火拨灭了么？一个声音说，
我们的祖先是已经睡了，睡在离我们不远的地方，

---

① 载《贵州日报·革命军诗刊》1941 年 6 月 9 日。

所有的故事已经讲完了，只剩下了灰烬的遗留，

在我们没有安慰的梦里，在他们走来又走去以后，

在门口，那些用旧了的镰刀，

锄头，牛轭，石磨，大车，

静静地，正承接着雪花的飘落。

1941 年 2 月

鼠　穴

我们的父亲，祖父，曾祖，
多少古人借他们还魂，
多少个骷髅露齿冷笑，
当他们探进丰润的面孔，
计议，诋毁，或者祝福，

虽然现在他们是死了，
虽然他们从没有活过，
却已留下了不死的记忆，
当我们乞求自己的生活，
在形成我们的一把灰尘里，

我们是沉默，沉默，又沉默，
在祭祖的发霉的顶楼里，
用嗅觉摸索一定的途径，
有一点异味我们逃跑，
我们的话声说在背后，

有谁敢叫出不同的声音？

不甘于恐惧，他终要被放逐，
这个恩给我们的仇敌，
一切的繁华是我们做出，
我们被称为社会的砥柱，

因为，你知道，我们是
不败的英雄，有一条软骨，
我们也听过什么是对错，
虽然我们是在啃啮，啃啮
所有的新芽和旧果。

1941 年 3 月

哀 悼

是这样广大的病院，
O，太阳一天的旅程！
我们为了防止着疲倦，
这里跪拜，那里去寻找，
我们的心哭泣着，枉然。

O，哪里是我们的医生？
躲远！他有他自己的病症，
一如我们每日的传染，
人世的幸福在于欺瞒
达到了一个和谐的顶尖。

O 爱情，O 希望，O 勇敢，
你使我们拾起又唾弃，
唾弃了，我们自己受了伤！
我们躺下来没有救治，
我们走去，O 无边的荒凉！

1941 年 7 月

控　诉

1

冬天的寒冷聚集在这里，朋友，
对于孩子一个忧伤的季节，
因为他还笑着春天的笑容——
当叛逆者穿过落叶之中

瑟缩，变小，骄傲于自己的血；
为什么世界剥落在遗忘里，
去了，去了，是彼此的招呼，
和那充满了浓郁信仰的空气。

而有些走在无家的土地上
跋涉着经验，失迷的灵魂
再不能安于一个角度
的温暖，怀乡的痛楚枉然；

有些关起了心里的门窗，

逆着风，走上失败的路程，
虽然他们忠实在任何情况，
春天的花朵，落在时间的后面。

因为我们的背景是千万人民，
悲惨，热烈，或者愚昧的，
他们和恐惧并肩而战争，
自私的，是被保卫的那些个城：

我们看见无数的耗子，人——
避开了，计谋着，走出来，
支配了勇敢的，或者捐助
财产获得了荣名，社会的梁木。

我们看见，这样现实的态度
强过你任何的理想，只有它
不毁于战争。服从，喝彩，受苦，
是哭泣的良心唯一的责任——

无声。在这样的背景前，
冷风吹进了今天和明天，
冷风吹散了我们长住的
永久的家乡和暂时的旅店。

2

我们做什么？我们做什么？
生命永远诱惑着我们
在苦难里，渴寻安乐的陷阱，
唉，为了它只一次，不再来临；

也是立意的复仇，终于合法地
自己的安乐践踏在别人心上
的蔑视，欺凌，和敌意里，
虽然陷下，彼此的损伤。

或者半死？每天侵来的欲望
隔离它，勉强在腐烂里寄生，
假定你的心里是有一座石像，
刻画它，刻画它，用省下的力量

而每天的报纸将使它吃惊，
以恫吓来劝说它顺流而行，
也许它就要感到不支了
倾倒，当世的讽笑；

但不能断定它就是未来的神，

这痛苦了我们整日，整夜，
零星的知识已使我们不再信任
血里的爱情，而它的残缺

我们为了补救，自动地流放，
什么也不做，因为什么也不信仰，
阴霾的日子，在知识的期待中，
我们想着那样有力的童年。
这是死。历史的矛盾压着我们，
平衡，毒戕我们每一个冲动。
那些盲目的会发泄他们所想的，
而智慧使我们懦弱无能。

我们做什么？我们做什么？
呵，谁该负责这样的罪行：
一个平凡的人，里面蕴藏着
无数的暗杀，无数的诞生。

1941 年 11 月

赞　美[①]

走不尽的山峦的起伏，河流和草原，

数不尽的密密的村庄，鸡鸣和狗吠，

接连在原是荒凉的亚洲的土地上，

在野草的茫茫中呼啸着干燥的风，

在低压的暗云下唱着音调的东流的水，

在忧郁的森林里有无数埋藏的年代

它们静静地和我拥抱：

说不尽的故事是说不尽的灾难，沉默的

是爱情，是在天空飞翔的鹰群，

是干枯的眼睛期待着泉涌的热泪，

当不移的灰色的行列在遥远的天际爬行；

我有太多的话语，太悠久的感情，

我要以荒凉的沙漠，坎坷的小路，骡子车，

我要以槽子船，漫山的野花，阴雨的天气，

我要以一切拥抱你，你，

我到处看见的人民呵，

在耻辱里生活的人民，佝偻的人民，

---

① 载《文聚》（昆明文聚社出版）第一卷第一期 1942 年 2 月 16 日。

我要以带血的手和你们一一拥抱，
因为一个民族已经起来。
一个农夫，他粗糙的身躯移动在田野中，
他是一个女人的孩子，许多孩子的父亲，
多少朝代在他的身边升起又降落了
而把希望和失望压在他身上，
而他永远无言地跟在犁后旋转，
翻起同样的泥土溶解过他祖先的，
是同样的受难的形象凝固在路旁。
在大路上多少次愉快的歌声流过去了，
多少次跟来的是临到他的忧患；
在大路上人们演说，叫嚣，欢快，
然而他没有，他只放下了古代的锄头，
再一次相信名词，溶进了大众的爱，
坚定地，他看着自己溶进死亡里，
而这样的路是无限的悠长的
而他是不能够流泪的，
他没有流泪，因为一个民族已经起来。

在群山的包围里，在蔚蓝的天空下，
在春天和秋天经过他家园的时候，
在幽深的谷里隐着最含蓄的悲哀：
一个老妇期待着孩子，许多孩子期待着
饥饿，而又在饥饿里忍耐，

在路旁仍是那聚集着黑暗的茅屋，
一样的是不可知的恐惧，一样的是
大自然中那侵蚀着生活的泥土，
而他走去了从不回头诅咒。
为了他我要拥抱每一个人，
为了他我失去了拥抱的安慰，
因为他，我们是不能给以幸福的，
痛哭吧，让我们在他的身上痛哭吧，
因为一个民族已经起来。

一样的是这悠久的年代的风，
一样的是从这倾圮的屋檐下散开的
无尽的呻吟和寒冷，
它歌唱在一片枯槁的树顶上，
它吹过了荒芜的沼泽，芦苇和虫鸣，
一样的是这飞过的乌鸦的声音
当我走过，站在路上踟蹰，
我踟蹰着为了多年耻辱的历史
仍在这广大的山河中等待，
等待着，我们无言的痛苦是太多了，
然而一个民族已经起来，
然而一个民族已经起来。

1941 年 12 月

黄　昏[①]

逆着太阳，我们一切影子就要告别了。
一天的侵蚀也停止了，像惊骇的鸟
欢笑从门口逃出来，从化学原料，
从电报条的紧张和它拼凑的意义，
从我们辩证的唯物的世界里，
欢笑悄悄地踱出在城市的路上
浮在时流上吸饮。Ｏ现实的主人，
来到神奇里歇一会吧，枉然的水手，
可以凝止了。我们的周身已是现实的倾覆，
突立的树和高山，淡蓝的空气和炊烟，
是上帝的建筑在刹那中显现，
这里，生命另有它的意义等你揉圆。
你没有抬头吗看那燃烧着的窗？
那满天的火舌就随一切归于黯淡，
Ｏ让欢笑跃出在灰尘外翱翔，
当太阳，月亮，星星，伏在燃烧的窗外，
在无边的夜空等我们一块儿旋转。

　　　　　　　　　　　　　　　　　1941 年 12 月

---

①　载《贵州日报·革命军诗刊》1942 年 7 月 13 日。

春①

绿色的火焰在草上摇曳，
他渴求着拥抱你，花朵。
反抗着土地，花朵伸出来，
当暖风吹来烦恼，或者欢乐。
如果你是醒了，推开窗子，
看这满园的欲望多么美丽。

蓝天下，为永远的谜迷惑着的
是我们二十岁的紧闭的肉体，
一如那泥土做成的鸟的歌，
你们被点燃，却无处归依。
呵，光，影，声，色，都已经赤裸，
痛苦着，等待伸入新的组合。

1942 年 2 月

---

① 载《贵州日报·革命军诗刊》1942 年 5 月 26 日，另载《大公报·文艺》
（天津版）1947 年 3 月 12 日，总题为《旧诗钞》。

［附］发表在《贵州日报》时原文如下：

绿色的火焰在草上摇曳，

它渴求着拥抱你，花朵。

一团花朵挣出了土地，

当暖风吹来烦恼，或者欢乐。

如果你是女郎，把脸仰起，

看你鲜红的欲望多么美丽。

蓝天下，为关紧的世界迷惑着

是一株廿岁的燃烧的肉体，

一如那泥土做成的鸟底歌，

你们是火焰卷曲又卷曲。

呵，光，影，声，色，现在已经赤裸，

痛苦着；等待伸入新的组合。

Spring [原诗作者英文自译]

In the grass the green flames flicker,
Mad to embrace you, flower.
And spite of covering ground, the flowers shoot
To the warm wind, for either joy or distress.
If you have awakened, push open the window,
See how beautifully spread the desires of the garden.

Under the blue sky, puzzled by an eternal Riddle,
stirs our thick closed body of twenty years;
Which, enkindled like the bird's chirping, made of
the same clay,
Burns and finds nowhere to settle.
Ah, light, shade, sound and color, all atripped naked,
Pantingly wait, to merge into a renewed combination.

诗八首①

1

你底眼睛看见这一场火灾，
你看不见我，虽然我为你点燃；
唉，那燃烧着的不过是成熟的年代，
你底，我底。我们相隔如重山！

从这自然底蜕变底程序里，
我却爱了一个暂时的你。
即使我哭泣，变灰，变灰又新生，
姑娘，那只是上帝玩弄他自己。

2

水流山石间沉淀下你我，

---

① 载《文聚》第一卷第三期 1942 年 4 月，收入《穆旦诗集（1939—1945）》，题为《诗八章》；收入《现代诗钞》（闻一多编）、《旗》，题目改作《诗八首》。

而我们成长，在死底子宫里。
在无数的可能里一个变形的生命
永远不能完成他自己。

我和你谈话，相信你，爱你，
这时候就听见我底主暗笑，
不断地他添来另外的你我
使我们丰富而且危险。

3

你底年龄里的小小野兽，
它和春草一样地呼吸，
它带来你底颜色，芳香，丰满，
它要你疯狂在温暖的黑暗里。

我越过你大理石的理智殿堂，
而为它埋藏的生命珍惜；
你我底手底接触是一片草场，
那里有它底固执，我底惊喜。

4

静静地，我们拥抱在

用言语所能照明的世界里，
而那未成形的黑暗是可怕的，
那可能和不可能的使我们沉迷，

那窒息着我们的
是甜蜜的未生即死的言语，
它底幽灵笼罩，使我们游离，
游进混乱的爱底自由和美丽。

5

夕阳西下，一阵微风吹拂着田野，
是多么久的原因在这里积累。
是移动了景物的移动我底心
从最古老的开端流向你，安睡。

那形成了树林和屹立的岩石的，
将使我此时的渴望永存，
一切在它底过程中流露的美
教我爱你的方法，教我变更。

6

相同和相同溶为怠倦，

在差别间又凝固着陌生；
是一条多么危险的窄路里，
我制造自己在那上面旅行。

他存在，听从我底指使，
他保护，而把我留在孤独里，
他底痛苦是不断的寻求
你底秩序，求得了又必须背离。

7

风暴，远路，寂寞的夜晚，
丢失，记忆，永续的时间，
所有科学不能祛除的恐惧
让我在你底怀里得到安憩——

呵，在你底不能自主的心上，
你底随有随无的美丽的形象，
那里，我看见你孤独的爱情
笔立着，和我底平行着生长！

8

再没有更近的接近，

所有的偶然在我们间定型；
只有阳光透过缤纷的枝叶
分在两片情愿的心上，相同。

等季候一到就要各自飘落，
而赐生我们的巨树永青，
它对我们的不仁的嘲弄
（和哭泣）在合一的老根里化为平静。

1942 年 2 月

Poems [原诗作者英文自译]

1

Your eyes have seen this disaster of fire,
You see not me, though I am enkindled by you.
Ah, that which is burning is but mature years,
Yours and mine. We are separated like mountains!

In the process of Nature's metamorphosis,
I happen to love a temporary piece of you.
Though I weep, burn out, burn out and live again,
Dear, it is only God playing with himself.

2

A stream flowing over rocks precipitates you and me,
And we are growing in the womb of death.
For an ever changing and growing thing can never fulfil itself,
Being placed in such manifold probabilities.

I speak to you, trust you, love you,

And for all these hear my Lord gigle.

By constantly precipitating another you and me

He has made us rich but dangerous.

3

The growing little animal that nestles in your age,

Is breathing like grass in the Spring,

He has brought you color, fragrance, and fullness,

To drive you mad in the warm darkness.

I'll dig through your granite temple of Reason,

And there, his long buried years will rescue,

And see, the touch of our hands is such a grazing meadow,

Where meet his insistence, and my surprise and joy.

4

We embrace, silently

In this small world illumined by our words.

Dreadful indeed is that still unshapen darkness,

And what is possible and impossible has so overwhelmed us.

Those that choked us,

Those sweet words that died before their birth,

Wild soars their ghost, under whose charm

How we merge in the confusion of Love's beauty and freedom.

5

The sun sets, and a breeze brushes over the field,

How remote a cause is being visualized here.

What has moved the scenery has moved my heart

From the earliest beginning flowing unto you, to be lulled.

What has made the wood and the erect rock,

Will make this my momentary yearning everlasting,

Though the beauty which everything in its process reveals

Shows me the way to love you, and to change.

6

Sameness and sameness melts into a boredom,

Yet in difference there is incommunication.

It is on such a dangerous narrow path,

I create a traveller called myself.

He exists, is at my beck,

He protects and leaves me forlorn.

His pain is to persistently seek

To alternately conform and oppose to you.

7

Tempest, long journey, and the lonely nights,

Non-existence, remembrance, and the never ending time,

For all the fears which science can never explain away,

Let me find consolation in your bosom.

Ah, in your heart that's never self-controlled

And your beauty that comes and goes,

Where, parallel to my passion of love, I find,

Yours is growing so lonely.

8[1]

There is no nearer nearness,

For chances have determined all between us.

---

[1] 此诗第八章的英译文本，被收入 1952 年纽约出版的《世界名诗库》。A Little Treasury of World Poetry（edited by Hubret Creekmore）

Only the sunlight that rains through the interlaced foliage

Makes our two hearts equally willing,

And sends them falling apart while it is season,

While the huge tree that gave us birth will ever be green,

But what to us his malicious mocking

And his weeping, will at last calm down in the all combinging

old roots.

出　发①

告诉我们和平又必须杀戮，
而那可厌的我们先得去欢喜。
知道了"人"不够，我们再学习
蹂躏它的方法，排成机械的阵式，
智力体力蠕动着像一群野兽，

告诉我们这是新的美。因为
我们吻过的已经失去了自由；
好的日子去了，可是接近未来，
给我们失望和希望，给我们死，
因为那死的制造必须摧毁。

给我们善感的心灵又要它歌唱
僵硬的声音。个人的哀喜
被大量制造又该被蔑视
被否定，被僵化，是人生底意义；

---

① 载《大公报·综合》（重庆版）1942 年 5 月 4 日，题为《诗》。收入《穆旦诗集（1939—1945）》、《现代诗钞》（闻一多编）和《旗》时，题改作《出发》。

在你的计划里有毒害的一环，
就把我们囚进现在，呵上帝！
在犬牙的甬道中让我们反复
行进，让我们相信你句句的紊乱
是一个真理。而我们是皈依的，
你给我们丰富，和丰富的痛苦。

1942 年 2 月

Into Battle [原诗作者英文自译]

Point us to peace and we a-slaughtering go,
Order us love first what we hate most.
For it is not sufficient adoring Human;
To crush it we learn. In mechanic formation,
Let body and mind take beastly motion.

And tell us to appreciate it. Suddenly we know
The flower we kissed is ours no more.
Gone are the old days, but nearer to future;
Give us vision and revision, give us death,
To destroy the work of death we venture.

Give us a heart sensitive yet try it
To sing violence. Our joys and despair
Are multipled, yet these to neglect
To nib and distort, is now life buoyant.
There is a malign trick in your plan
O Lord, who trap us thus in the hold of Present.
Along dog-teeth tunnel we march, groping

To and fro. Let us take as one truth

Your contradictions. O let us be patient,

You who endow us with fulfilment, and its agonies.

自然底梦

我曾经迷误在自然底梦中，
我底身体自由云和花草做成，
我是吹过林木的叹息，早晨底颜色，
当太阳染给我刹那的年轻，

那不常在的是我们拥抱的情怀，
它让我甜甜地睡：一个少女底热情，
使我这样骄傲又这样的柔顺。
我们谈话，自然底朦胧的呓语，

美丽的呓语把它自己说醒，
而将我暴露在密密的人群中，
我知道它醒了正无端地哭泣，
鸟底歌，水底歌，正绵绵地回忆，

因为我曾年轻的一无所有，
施与者领向人世的智慧皈依，
而过多的忧思现在才刻露了

我是有过蓝色的血，星球底世系。

1942 年 11 月

幻想底乘客①

从幻想底航线卸下的乘客，
永远走上了错误的一站，
而他，这个铁掌下的牺牲者，
当他意外地投进别人的愿望，

多么迅速他底光辉的概念
已化成琐碎的日子不忠而纡缓，
是巨轮的一环他渐渐旋进了
一个奴隶制度附带一个理想，

这里的恩惠是彼此恐惧，
而温暖他的是自动的流亡，
那使他自由的只有忍耐的微笑，
秘密地回转，秘密的绝望。

亲爱的读者，我就会赞叹：
爬行在懦弱的，人和人的关系间，

___

① 收入《现代诗钞》（闻一多编）。

化无数的恶意为自己营养，
他已开始学习做主人底尊严。

1942 年 12 月

诗^①

1

我们没有援助，每人在想着
他自己的危险，每人在渴求
荣誉，快乐，爱情的永固，
而失败永远在我们的身边埋伏，

它发掘真实，这生来的形象
我们畏惧从不敢显露；
站在不稳定的点上，各样机缘的
交错，是我们求来的可怜的

幸福，我们把握而没有勇气，
享受没有安宁，克服没有胜利，
我们永在扩大那既有的边沿，
才能隐藏一切，不为真实陷入。

---

① 载《大公报·综合》（重庆版）1944 年 1 月 16 日，题为《诗二章》。

这一片地区就是文明的社会
所开辟的。呵，这一片繁华
虽然给年轻的血液充满野心，
在它的栋梁间却吹着疲倦的冷风！

2

永在的光呵，尽管我们扩大，
看出去，想在经验里追寻，
终于生活在可怕的梦魇里，
一切不真实，甚至我们的哭泣

也只能重造哭泣，自动的
被推动于紊乱中，我们的肃清
也成了紊乱，除了内心的爱情
虽然它永远随着错误而诞生，

是唯一的世界把我们融和，
直到我们追悔，屈服，使它僵化，
它的光消殒。我常常看见
那永不甘心的刚强的英雄，

人子呵，弃绝了一个又一个谎，

你就弃绝了欢乐；还有什么
更能使你留恋的，除了走去
向着一片荒凉，和悲剧的命运！

1943 年 4 月

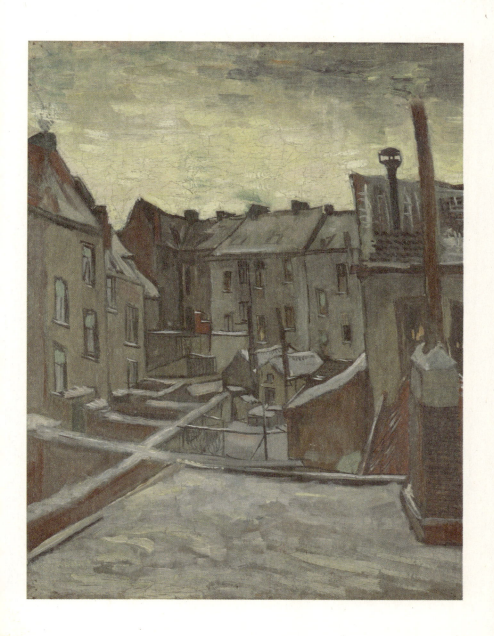

名家诗歌典藏

赠　别

1

多少人的青春在这里迷醉，
然后走上熙攘的路程，
朦胧的是你的怠倦，云光和水，
他们的自己丢失了随着就遗忘，

多少次了你的园门开启，
你的美繁复，你的心变冷，
尽管四季的歌喉唱得多好，
当无翼而来的夜露凝重——

等你老了，独自对着炉火，
就会知道有一个灵魂也静静地，
他曾经爱过你的变化无尽，
旅梦碎了，他爱你的愁绪纷纷。

2

每次相见你闪来的倒影
千万端机缘和你的火凝成，
已经为每一分每一秒的事体
在我的心里碾碎无形，

你的跳动的波纹，你的空灵
的笑，我徒然渴想拥有，
它们来了又逝去在神的智慧里，
留下的不过是我曲折的感情，

看你去了，在无望的追想中，
这就是为什么我常常沉默：
直到你再来，以新的火
摒挡我所嫉妒的时间的黑影。

1944 年 6 月

成　熟^①

1

每一清早这安静的市街
不知道痛苦它就要来临，
每个孩子的啼哭，每个苦力
他的无可辩护的沉默的脚步，
和那投下阴影的高耸的楼基，
同向最初的阳光里混入脏污。

那比劳作高贵的女人的裙角，
还静静地拥有昨夜的世界，
从中心压下挤在边沿的人们
已准确地踏进八小时的房屋，
这些我都看见了是一个阴谋，
随着每日的阳光使我们成熟。

---

　　① 　载《大公报·文艺》（天津版）1947 年 3 月 16 日，题为《成熟二章》；
收入《旗》时，题改作《裂纹》。

2

扭转又扭转，这一颗烙印
终于带着伤打上他全身，
有翅膀的飞翔，有阳光的
滋长，他追求而跌进黑暗，
四壁是传统，是有力的
白天，扶持一切它胜利的习惯。

新生的希望被压制，被扭转，
等粉碎了他才能安全；
年轻的学得聪明，年老的
因此也继续他们的愚蠢，
谁顾惜未来？没有人心痛；
那改变明天的已为今天所改变。

1944 年 6 月

Maturity [原诗作者英文自译]

1

At break of each day this placid street
Awakens, unconscious of coming agonies,
For the cry of a child, the silent
Unarguing steps of a coolie treading,
And the cornerstones of an overshadowing facade:
All mix dirt into the earliest sunlight descending.

And nobler that Labor, the lady's skirt
Sleeps, still warm in last night's dream,
When, on all sides, down-pressed from a center,
People stagger in, punctually, at the 8-hours building.
All these I see are covered in an intrigue
Which matures us daily with the sun.

2

Wriggling and writhing, at length he
The wounded, got the brand thoroughly.
The winged may soar and raise their heads,
Be the sun's favorites. He merely aspired and sank.
Firm on four walls it is Tradition, it is invincible
Daylight, supporting whatever stands of its triumphan
  to routine.

O youngest of Hope, sure to be punished and contorted,
How could he be safe till crushed to pieces!
The young have learned to be clever, so the old
Are enabled to have their silliness contiune.
Who cares for the Future? It is nobody's business
Since our reformers of To-morrow Today has reformed.

寄——

海波吐着沫溅在岩石上，
海鸥寂寞地翱翔，它宽大的翅膀
从岩石升起，拍击着，没入碧空。
无论在多雾的晨昏，或在日午，
姑娘，我们已听不见这亘古的乐声。

任脚步走向东，走向西，走向南，
我们已走不到那辽阔的青绿的草原；
林间仍有等你入睡的地方，蜜蜂
仍在嗡营，茅屋在流水的湾处静止，
姑娘，草原上的浓郁仍这样地向我们呼唤。

因为每日每夜，当我守在窗前，
姑娘，我看见我是失去了过去的日子像烟，
微风不断地扑面，但我已和它渐远；
我多么渴望和它一起，流过树顶
飞向你，把灵魂里的霉锈抛扬！

1944 年 8 月

活下去^①

活下去，在这片危险的土地上，
活在成群死亡的降临中，
当所在的幻象已变狰狞，所有的力量已经
如同暴露的大海
凶残摧毁凶残，
如同你和我都渐渐强壮了却又死去，
那永恒的人。

弥留在生的烦扰里，
在淫荡的颓败的包围中，
看！那里已奔来了即将解救我们一切的
饥寒的主人；
而他已经鞭击，
而那无声的黑影已在苏醒和等待
午夜里的牺牲。

希望，幻灭，希望，再活下去

---

① 载《文哨》1945 年 5 月号。

在无尽的波涛的淹没中，
谁知道时间的沉重的呻吟就要坠落在
于诅咒里成形的
日光闪耀的岸沿上；
孩子们呀，请看黑夜中的我们正怎样孕育
难产的圣洁的感情。

1944 年 9 月

被围者①

1

这是什么地方？时间
每一秒白热而不能等待，
堕下来成了你不要的形状。
天空的流星和水，那灿烂的
焦躁，到这里就成了今天
一片沙砾。我们终于看见
过去的都已来就范，所有的暂时
相结起来是这平庸的永远。

呵，这是什么地方？不是少年
给我们预言的，也不是老年
在我们这样容忍又容忍以后
就能采撷的果园。在阴影下
你终于生根，在不情愿里，

---

① 载《诗文学》第二期 1945 年 5 月。

终于成形。如果我们能冲出，
勇士呵，如果有形竟能无形，
别让我们拖进在这里相见！

2

看，青色的路从这里引出
而又回归。那自由广大的面积，
风的横扫，海的跳跃，旋转着
我们的神志：一切的行程
都不过落在这敌意的地方。
在这渺小的一点上：最好的
露着空虚的眼，最快乐的
死去，死去但没有一座桥梁。

一个圆，多少年的人工，
我们的绝望将使它完整。
毁坏它，朋友！让我们自己
就是它的残缺，比平庸更坏：
闪电和雨，新的气温和泥土
才会来骚扰，也许更寒冷，
因为我们已是被围的一群，
我们消失，乃有一片"无人地带"。

                                           1945 年 2 月

忆

多少年的往事，当我静坐，
一齐浮上我的心来，
一如这四月的黄昏，在窗外，
糅合着香味与烦扰，使我忽而凝住——
一朵白色的花，张开，在黑夜的
和生命一样刚强的侵袭里，
主呵，这一刹那间，吸取我的伤感和赞美。

在过去那些时候，我是沉默，
一如窗外这些排比成列的
都市的楼台，充满了罪过似的空虚，
我是沉默一如到处的繁华
的乐声，我的血追寻它跳动，
但是那沉默聚起的沉默忽然鸣响，
当华灯初上，我黑色的生命和主结合。

是更剧烈的骚扰，更深的
痛苦。那一切把握不住而却站在
我的中央的，没有时间哭，没有

时间笑的消失了，在幽暗里，
在一无所有里如今却见你隐现。
主呵！掩没了我爱的一切，你因而
放大光彩，你的笑刺过我的悲哀。

1945 年 4 月

海　恋[①]

蓝天之漫游者，海的恋人，
给我们鱼，给我们水，给我们
燃起夜星的，疯狂的先导，
我们已为沉重的现实闭紧。

自由一如无迹的歌声，博大
占领万物，是欢乐之欢乐，
表现了一切而又归于无有，
我们却残留在微末的具形中。

比现实更真的梦，比水
更湿润的思想，在这里枯萎，
青色的魔，跳跃，从不休止，
路的创造者，无路的旅人。

从你的眼睛看见一切美景，
我们却因忧郁而更忧郁，

---

① 载《大公报·文艺》（天津版）1947年3月16日。

踏在脚下的太阳，未成形的
力量，我们丰富的无有，歌颂：

日以继夜，那白色的鸟的翱翔，
在知识以外，那山外的群山，
那我们不能拥有的，你已站在中心，
蓝天之漫游者，海的恋人！

                                    1945 年 4 月

旗[1]

我们都在下面，你在高空飘扬，
风是你的身体，你和太阳同行，
常想飞出物外，却为地面拉紧。

是写在天上的话，大家都认识，
又简单明确，又博大无形，
是英雄们的游魂活在今日。

你渺小的身体是战争的动力，
战争过后，而你是唯一的完整，
我们化成灰，光荣由你留存。

太肯负责任，我们有时茫然，
资本家和地主拉你来解释，
用你来取得众人的和平。

是大家的心，可是比大家聪明，

---

① 载《益世报·文学周刊》1947年6月7日，总标题为《抗战诗录》。

带着清晨来，随黑夜而受苦，
你最会说出自由的欢欣。
四方的风暴，由你最先感受，
是大家的方向，因你而胜利固定，
我们爱慕你，如今属于人民。

1945 年 5 月

Flag [原诗作者英文自译]

Underneath are we all, while you flutter in the sky,
Stretching your body with the wind, with the sun journeying.
What longing away from earth, thought leld tight to the ground.

You are the word written above, well-known by all,
Simple and clear, yet boundless and formless;
You are the sould living of heroes long past.

Though tiny, you are the impetus of war,
And when war is over, you are the only perfection.
To ashes we turn, but the glory in you remains.

Ever responsible, you beffle us cometimes.
The rich and powerful flew you once and made you to explain,
And behind you, gained peace of the population.

For you are the heart of hearts. But wiser than all:
For you are the...
Light with the dawn, with the night suffering,

You speak best of the joys of freedom.

And the storm, who signals its approach but you!

For you are the direction, pointing us to victory.

You are what we value most, now in hte hands of the people.

流吧，长江的水

流吧，长江的水，缓缓地流，
玛格丽就住在岸沿的高楼，
她看着你，当春天尚未消逝，
流吧，长江的水，我的歌喉。

多么久了，一季又一季，
玛格丽和我彼此的思念，
你是懂得的，虽然永远沉默，
流吧，长江的水，缓缓地流。

这草色青青，今日一如往日，
还有鸟啼，霏雨，金黄的花香，
只是我们有过的已不能再有，
流吧，长江的水，我的烦忧。

玛格丽还要从楼窗外望，
那时她的心里已很不同，
那时我们的日子全已忘记，

流吧，长江的水，缓缓地流。

1945 年 5 月

野外练习①

我们看见的是一片风景：
多姿的树，富有哲理的坟墓，
那风吹的草香也不能伸入他们的匆忙，
他们由永恒躲入刹那的掩护，

事实上已承认了大地的母亲，
又把几码外的大地当作敌人，
用烟幕掩蔽，用枪炮射击，
不过招来损伤：永恒的敌人从未在这里。

人和人的距离却因而拉长，
人和人的距离才忽而缩短，
危险这样靠近，眼泪和微笑
合而为人生：这里是单纯的缩形。

也是最古老的职业，越来
我们越看到其中的利润，

---

① 载《益世报·文学周刊》1947年6月7日，总标题为《抗战诗录》。

从小就学起，残酷总嫌不够，
全世界的正义都这么要求。

1945 年 7 月

先　导①

伟大的导师们，不死的苦痛，
你们的灰尘安息了，你们的时代却复生，
你们的牺牲已经忘却了，一向以欢乐崇奉，
而剧烈的东风吹来把我们摇醒，

当春日的火焰熏暗了今天，
明天是美丽的，而又容易把我们欺骗，
那醒来的我们知道是你们的灵魂，
那刺在我们心里的是你们永在的伤痕，

在无尽的斗争里，我们的一切已经赤裸，
那不情愿的，也被迫在反省或者背弃中，
我们最需要的，他们已经流血而去，
把未完成的痛苦留给他们的子孙，

不灭的光辉！虽然不断的讽笑在伴随，
因为你们只曾给与，呵，至高的欢欣！

----

① 载《文艺复兴》第一卷第六期 1946 年 7 月 1 日。

你们唯一的遗嘱是我们，这醒来的一群，
穿着你们燃烧的衣服，向着地面降临。

1945 年 7 月

打出去①

这场不意的全体的试验，
这毫无错误的一加一的计算，
我们由幻觉渐渐往里缩小
直到立定在现实的冷刺上显现：

那丑恶的全已疼过在我们心里，
那美丽的也重在我们的眼里燃烧，
现在，一个清晰的理想呼求出生，
最大的阻碍：要把你们击倒，

那被强占了身体的灵魂
每日每夜梦寐着归还，
它已经洗净，不死的意志更明亮，
它就要回来，你们再不能够阻拦，

多么久了，我们情感的弱点
枉然地向那深陷下去的旋转，

---

① 载《益世报·文学周刊》1947 年 8 月 16 日。

那不能补偿的如今已经起立，
最后的清算，就站在你们面前。

1945 年 7 月

通货膨胀

我们的敌人已不再可怕，
他们的残酷我们看得清，
我们以充血的心沉着地等待，
你的淫贱却把它弄昏。

长期的诱惑：意志已混乱，
你借此倾覆了社会的公平，
凡是敌人的敌人你一一谋害，
你的私生子却得到太容易的成功。

无主的命案，未曾提防的
叛变，最远的乡村都卷进，
我们的英雄还击而不见对手，
他们受辱而死：却由于你的阴影。

在你的光彩下，正义只显得可怜，
你是一面蛛网，居中的只有蛆虫，
如果我们要活，你们必须死去，

天气晴朗，你的统治先得肃清！

1945 年 7 月

一个战士需要温柔的时候①

你的多梦幻的青春，姑娘，

别让战争的泥脚把它踏碎，

那里才有真正的火焰，

而不是这里燃烧的寒冷，

当初生的太阳从海边上升，

林间的微风也刚刚苏醒。

别让那么多残酷的哲理，姑娘，

也织上你的锦绣的天空，

你的眼泪和微笑有更多的话，

更多的使我持枪的信仰，

当劳苦和死亡不断地绵延，

我宁愿它是南方的欺骗。

因为青草和花朵还在你心里，

开放着人间仅有的春天，

别让我们充满意义的糊涂，姑娘，

---

① 载《益世报·文学周刊》1947 年 6 月 7 日，总标题为《抗战诗录》。

也把你的丰富变为荒原，
唯一的憩息只有由你安排，
当我们摧毁着这里的房屋。

你的年代在前或在后，姑娘，
你的每个错觉都令我向往，
只不要堕入现在，它嫉妒
我们已得或未来的幸福，
等一个较好的世界能够出生，
姑娘，它会保留你纯洁的欢欣。

1945 年 7 月

森林之魅①
——祭胡康河谷上的白骨

森林:

没有人知道我,我站在世界的一方。

我的容量大如海,随微风而起舞,

张开绿色肥大的叶子,我的牙齿。

没有人看见我笑,我笑而无声,

我又自己倒下来,长久的腐烂,

仍旧是滋养了自己的内心。

从山坡到河谷,从河谷到群山,

仙子早死去,人也不再来,

那幽深的小径埋在榛莽下:

我出自原始,重把秘密的原始展开。

那毒烈的太阳,那深厚的雨,

那飘来飘去的白云在我头顶,

---

① 载《文艺复兴》第一卷第六期 1946 年 7 月;《文学杂志》第二卷第二期 1947 年 7 月 1 日,题为《森林之歌——祭野人山死难的兵士》,收入《穆旦诗集 (1939—1945)》时,作者对诗题和内容做了修改。此录为修订稿。

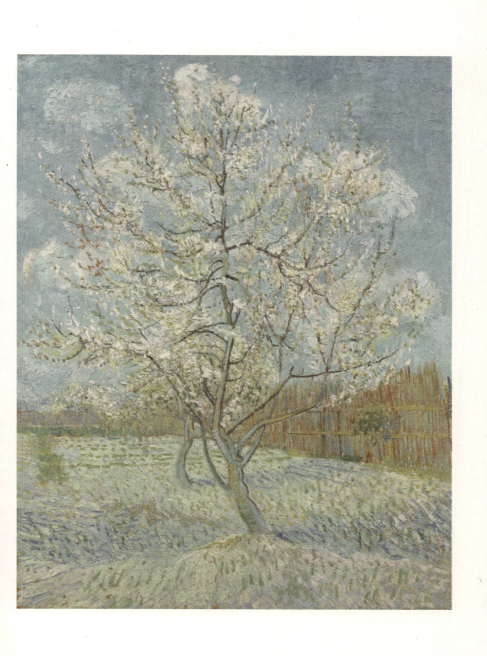

名家诗歌典藏

全不过来遮盖，多种掩盖下的我
是一个生命，隐藏而不能移动。

人：

离开文明，是离开了众多的敌人，
在青苔藤蔓间，在百年的枯叶上，
死去了世间的声音。这青青杂草，
这红色小花，和花丛里的嗡营，
这不知名的虫类，爬行或飞走，
和跳跃的猿鸣，鸟叫，和水中的
游鱼，陆上的蟒和象和更大的畏惧，
以自然之名，全得到自然的崇奉，
无始无终，窒息在难懂的梦里，
我不和谐的旅程把一切惊动。

森林：

欢迎你来，把血肉脱尽。

人：

是什么声音呼唤？有什么东西
忽然躲避我？在绿叶后面

它露出眼睛，向我注视，我移动
它轻轻跟随。黑夜带来它嫉妒的沉默
贴近我全身。而树和树织成的网
压住我的呼吸，隔去我享有的天空！
是饥饿的空间，低语又飞旋，
像多智的灵魂，使我渐渐明白
它的要求温柔而邪恶，它散布
疾病和绝望，和憩静，要我依从。
在横倒的大树旁，在腐烂的叶上，
绿色的毒，你瘫痪了我的血肉和深心！

森林：

这不过是我，设法朝你走近，
我要把你领过黑暗的门径；
美丽的一切，由我无形地掌握，
全在这一边，等你枯萎后来临。
美丽的将是你无目的眼，
一个梦去了，另一个梦来代替，
无言的牙齿，它有更好听的声音。
从此我们一起，在空幻的世界游走，
空幻的是所有你血液里的纷争，
一个长久的生命就要拥有你，
你的花你的叶你的幼虫。

祭歌：

在阴暗的树下，在急流的水边，
逝去的六月和七月，在无人的山间，
你们的身体还挣扎着想要回返，
而无名的野花已在头上开满。
那刻骨的饥饿，那山洪的冲击，
那毒虫的啮咬和痛楚的夜晚，
你们受不了要向人讲述，
如今却是欣欣的林木把一切遗忘。

过去的是你们对死的抗争，
你们死去为了要活的人们生存，
那白热的纷争还没有停止，
你们却在森林的周期内，不再听闻。

静静的，在那被遗忘的山坡上，
还下着密雨，还吹着细风，
没有人知道历史曾在此走过，
留下了英灵化入树干而滋生。

1945 年 9 月

良心颂

虽然你的形象最不能确定，
就是九头鸟也做出你的面容，
背离的时候他们才最幸运，
秘密的，他们讥笑着你的无用，

虽然你从未向他们露面，
和你同来的，却使他们吃惊：
饥寒交迫，常不能随机应变，
不得意的官吏，和受苦的女人，

也不见报酬在未来的世界，
一条死胡同使人们退缩；
然而孤独者却挺身前行，
向着最终的欢快，逐渐取得，

因为你最能够分别美丑，
至高的感受，才不怕你的爱情，
他看见历史：只有真正的你

的事业，在一切的失败里成功。

1945 年 7 月

苦闷的象征

我们都信仰背面的力量，
只看前面的他走向疯狂；
初次的爱情人们已经笑过去，
再一次追求，只有是物质的无望，

那自觉幸运的，他们逃向海外，
为了可免去困难的课程；
诚实的学生，教师未曾奖赐，
他们的消息也不再听闻，

常怀恐惧的，恐惧已经不在，
因为人生是这么短暂；
结婚和离婚，同样的好玩，
有的为了刺激，有的为了遗忘，

毁灭的女神，你脚下的死亡
已越来越在我们的心里滋长，
枯干的是信念，有的因而成形，

有的则在不断的怀疑里丧生。

1945 年 7 月

夏　夜[①]

黑暗，寂静，
这是一切；
天上的几点稀星，
狗，更夫，都在远处响了。

前阶的青草仿佛在摇摆，
青蛙跳进泥塘的水中，
传出一个洪亮的响，
"夜风好！"

6 月 24 日

---

① 载《南开高中生》1934 年（春季）第三期，原题《诗三首》。

前　夕①

希望像一团热火，

尽量地烧

个不停。既然

世界上不需要一具僵尸，

一盆冷水，一把

死灰的余烬；

那么何不爽性就多诅咒一下，

让干柴树枝继续地

烧，用全身的热血

鼓舞起风的力量。

顶多，也不过就烧了

你的手，你的头，

即使是你的心，

要知道你已算放出了

燎野中一丝的光明；

如果人生比你的

理想更为严重，

---

①　载《南开高中生》1934 年（秋季）第二期，署名良铮。

苦痛是应该；
一点的放肆只不过
完成了你一点的责任。
不要想，
黑暗中会有什么平坦，
什么融和；脚下荆棘
扎得你还不够痛？——
我只记着那一把火，
那无尽处的一盏灯，
就是飘摇的野火也好，
这时，我将
永远凝视着目标
追寻，前进——
拿生命铺平这无边的路途，
我知道，虽然总有一天
血会干，身体要累倒！

10 月 31 日

哀国难①

一样的青天一样的太阳，
一样的白山黑水铺陈一片大麦场；
可是飞鸟飞过来也得惊呼：
呀！这哪里还是旧时的景象？
我洒着一腔热泪对鸟默然——
我们同忍受这傲红的国旗在空中飘荡！

眼看祖先们的血汗化成了轻烟，
铁鸟击碎了故去英雄们的笑脸！
眼看四千年的光辉一旦塌沉，
铁蹄更翻起了敌人的凶焰；
坟墓里的人也许要急起高呼：
"喂，我们的功绩怎么任人摧残？
你良善的子孙们哟，怎为后人做一个榜样！"
可惜黄土泥塞了他的嘴唇，
哭泣又吞咽了他们的声响。

---

① 载《南开高中生》1935 年（春季）第三期，署名良铮。

新的血涂着新的裂纹，
广博的人群再受一次强暴的瓜分；
一样的生命一样的臂膊，
我洒着一腔热血对鸟默然。

站在那里我像站在云端上，
碧蓝的天际不留人一丝凡想，
微风顽皮地腻在耳朵旁，
告诉我——春在娇媚地披上她的晚妆；
可是太阳仍是和煦的灿烂，
野草柔顺地依附在我脚边，
半个树枝也会伸出这古墙，
青翠地，飘过一点香气在空中荡漾……
远处，青苗托住了几间泥房，
影绰的人影背靠在白云边峰。
流水吸着每一秒间的呼吸，波动着，
寂静——寂静——
蓦地几声巨响，
池塘里已冲出几只水鸟，飞上高空打旋。

1935 年 6 月 13 日

更　夫①

冬夜的街头失去了喧闹的
脚步和呼喊，人的愤怒和笑靥，
如隔世的梦；一盏微弱的灯火
闪闪地摇曳着一副深沉的脸。

怀着寂寞，像山野里的幽灵，
他默默地从大街步进小巷；
生命在每一声里消失了，
化成声音，向辽远的虚空飘荡；

飘向温暖的睡乡，在迷茫里
惊起旅人午夜的彷徨；
一阵寒风自街头刮上半空，
深巷里的狗吠出凄切的回响。

把天边的黑夜抛在身后，
一双脚步又走向幽暗的三更天，

---

① 载《清华周刊》第四十五卷第四期（1936 年 11 月），署名慕旦。

期望日出如同期望无尽的路，

鸡鸣时他才能找寻着梦。

1936 年 11 月

古　墙①

一团灰沙卷起一阵秋风，
奔旋地泻下了剥落的古墙，
一道晚霞斜挂在西天上，
古墙的高处映满了残红。

古墙寂静地弓着残老的腰，
驮着悠久的岁月望着前面。
一双手臂蜿蜒到百里远，
败落地守着暮年的寂寥。

凸凹的砖骨镌着一脸严肃，
默默地俯视着广阔的平原；
古代的楼阁吞满了荒凉，
古墙忍住了低沉的愤怒：

野花碎石花花挤着它的脚跟，
苍老的胸膛扎成了穴洞；

---

① 载《文学》（月刊）第八卷第一期（1937年1月），署名慕旦。

当憔悴的瓦块倾出了悲声，
古墙的脸上看不见泪痕。
暮野里睡了古代的豪杰，
古墙系过他们的战马，
轧轧地驰过了他们凯旋的车驾，
欢腾的号鼓荡动了原野。

时光流过了古墙的光荣，
狂风折倒飘扬的大旗，
古代的英雄埋在黄土里，
如一缕浓烟消失在天空。

古墙蜿蜒出刚强的手臂，
曾教多年的风雨吹打；
层层的灰土便渐渐落下，
古墙回忆着，全没有惋惜。

怒号的暴风猛击着它巨大的身躯，
沙石交战出哭泣的声响；
野草由青绿褪到枯黄，
在肃杀的原野里它们战栗。

古墙施出了顽固的抵抗，
暴风冲过它的残阙！

苍老的腰身痛楚地倾斜，
它的颈项用力伸直，瞭望着夕阳。

晚霞在紫色里无声地死亡，
黑暗击杀了最后的光辉，
当一切伏身于残暴和淫威，
矗立在原野的是坚忍的古墙。

一九三九年火炬行列在昆明[1]

正午。街上走着一个老游击队员
喃喃着，喘着气，吐出连串的诅咒。
没有家的东北人坐在屋隅里，
独自唱着模糊的调子，哭了。

然而这里吹着五月的春风，
五月的春风夹在灰沙里，五月的春风在地沟里流，
五月的春风关在影戏院，五月的春风像疟虫的传播，
在冷战中给你熟，在冷战中给你热。
于是我看见这个年轻人，在阳光下面走，
眼里有茫然的光。你怕什么，朋友?
他急走，没有回答，有一个黑影
在紧紧地追随。你看，你看，
老人的诅咒!
他靠在大咖啡店的皮椅里，蒙了一层烟，
开始说，我想有个黑烟锁住了我……
于是一方丝帽轻轻扶上了红色的嘴唇，笑，这是正午……

---

① 载《中央日报·平明》（昆明）1939 年 5 月 26 日。

于是他看见海，明亮的海，自由的海，
在一杯朱古力在一个疲乏的笑在谈着生命的意义和苦难的
　　　　　话声的节奏里，
他想要睡，在一阵香里。

这是正午！让我们打开报纸，
像低头祭扫远族的坟墓——
血债敌机狂炸重庆我守城部队
全数壮烈牺牲难民扶老携幼
大别山脉大洪山脉歼敌血战即将
展开！……
让我们记住死伤的人数，
用一个惊叹号，作为谈话的资料；
让我们歌唱起来，不愿做奴隶的人们

当他们挤在每条小巷，街角，和码头，
挑着担子，在冷清的路灯下面走，
早五点起来，空着肚子伏在给他磨光的桌案上，
用一万个楷书画涂黑了自己的时候，
枯瘦的脸，搬运军火，把行李送上了火车，
交给你搬到香港去的朋友——来信说，
这儿很安全，你买不买衣料，和 Squibb 牌的牙膏！
当他们整天的两腿泡在田里，阴湿的灵魂，
几千年埋在地下——抽芽，割去；抽芽，割去；

如今仍旧重着头，摸黑走到家里，
打着自己的老婆，听到弟弟战死的消息。

我们坐在影戏院里，我们坐在影戏院里，
你把幕帷拉开，看见这些明亮的眼睛向前，
然而这些黑影，这些黑影

  消溶，溶进了一个黄昏，
  朦胧，像昏睡里的梦呓，
  嗡嘤着诅咒和哭泣；
  带着噩兆，城在黄昏里摇，
  向祖国低诉着一百样心情，
  沉醉的，颤动的，娇弱的。
  也许下一刻狂风把她吹起，
  满天灰烬——谁能知道！

于是我看见祖国向我们招手，用她粗壮的手臂——
你们广东音，湖南音，江北音，云南音，东北音，河南音，
北京音，上海音，福州音……
你们抛了家来的，海外来的，逃难来的，受严格的训练来的，
为神圣的呼唤而穿上军衣的，勇敢地站在青天白日底下的，
你们小孩子，青年人，中年人，老人，妇女，你们就要牺牲在
  炸弹
   下面的，你们就要失掉一切又得一切的人们，

歌唱！

从你们的朱古力杯起来，从你们的回忆里起来，从你们的锁链里起来，从你们沉重的思索里起来，从你们半热的哭泣的心里起来，

脱下你们的长衫，忘去你们高贵的风度，踢开你们学来的礼节，露出来你们粗硬的胡须，苦难的脸，白弱的手臂

我需要我们热烈的拥抱，我需要你们大声的欢笑，

我需要你们燃起，燃起，燃起，燃起，

向黄昏里冲去。

　　　祖国在歌唱，祖国的火在燃烧，

　　　新生的野力涌出了祖国的欢笑，

　　　轰隆，

　　　轰隆，轰隆，轰隆——城池变做了废墟，房屋在倒塌，

　　　衰老的死去，年轻的一无所有；

　　　祖国在歌唱，对着强大的敌人，

　　　投出大声的欢笑，一列，一列，一列；

　　　轰隆，轰隆，轰隆，轰隆——

（我看见阳光照遍了祖国的原野，温煦的原野，绿色的原野，开满了花的原野）

　　　用粗壮的手，开阔条条平坦的大路，

　　　用粗壮的手，转动所有山峰里的钢铁，

　　　用粗壮的手，拉倒一切过去的堡垒，

　　　用粗壮的手，写出我们新的书页，

（从原始的森林里走出来亚当和夏娃，他们忘了文明和

野蛮，生和死，光和暗）

　　挤进这火炬的行列，我们从酒店里走出来，
　　酒浸着我们的头脑，我们的头脑碎裂，
　　像片片的树叶摇下，在心里交响。
　　我说，让我们微笑，轻松地拿起火把，
　　然而浓烟迷出了你的泪。一双素手
　　闭上了楼窗，
　　她觉得她是穿过了红暗的走廊。
　　这时候你走到屋里，又从屋里跑到街上，
　　仍旧揉着眼，向着这些人们喊——
　　等你吹着口哨走回。
　　当我回过头去，我看见路上满是烟灰，烟灰⋯⋯

　　我们的头顶着夜空，夜空美丽而蔚蓝，
　　在夜空里上帝向我们笑，要有光，就有了光，
　　我们的头脑碎裂，像片片的树叶，在心里交响。

漫漫长夜①

我是一个老人。我默默地守着
这迷漫一切的，昏乱的黑夜。

我醒了又睡着，睡着又醒了，
然而总是同一的，黑暗的浪潮，
从远远的古京流过了无数小岛，
同一的陆沉的声音碎落在
我的耳岸：无数人活着，死了。

那些淫荡的梦游人，庄严的
幽灵，拖着僵尸在街上走的，
伏在女人耳边诉说着热情的
怀疑分子，冷血的悲观论者，
和臭虫似的，在饭店，商行，
剧院，汽车间爬行的吸血动物，
这些我都看见了不能忍受。
我是一个老人，失却了气力了，

---

① 载《大公报·文艺》（香港版）1940 年 7 月 22 日。

只有躺在床上，静静等候。
然而总传来阵阵狞恶的笑声，
从漆黑的阳光下，高楼窗
灯罩的洞穴下，和"新中国"的
沙发，爵士乐，英语会话，最时兴的
葬礼。——是这样蜂拥的一群，
笑脸碰着笑脸，狡狯骗过狡狯，
这些鬼魂阿谀着，阴谋着投生，
在墙根下，我可以听见那未来的
大使夫人，简任秘书，专家，厂主，
已得到热烈的喝彩和掌声。
呵，这些我都听见了不能忍受。

但是我的孩子们战争去了，
（我的可爱的孩子们茹着苦辛，
他们去杀死那吃人的海盗。）

我默默地躺在床上。黑夜
摇我的心使我不能入梦，
因为在一些可怕的幻影里，
我总念着我孩子们未来的命运。
我想着又想着，荒芜的精力
折磨我，黑暗的浪潮拍打我，
蚀去了我的欢乐，什么时候

我再可寻找回来？什么时候
我可以搬开那块沉沉的碑石，
孤立在墓草边上的
死的诅咒和生的朦胧？
在那底下隐藏着许多老人的青春。

但是我的健壮的孩子们战争去了，
（他们去杀死那比一切更毒恶的海盗，）
为了想念和期待，我咽进这黑夜里
不断的血丝……

1940 年 4 月

悲观论者的画像①

在以前，幽暗的佛殿里充满寂寞，
银白的香炉里早就熄灭了火星，
我们知道万有只有些干燥的泥土，
虽然，塑在宝座里，他的眼睛

仍旧闪着理性的，怯懦的光芒，
算知过去和未来。而那些有罪的
以无数错误堆起历史的男女
——那些匍匐着献出了神力的，

他们终于哭泣了，并且离去。
政论家枉然呐喊：我们要自由！
负心人已去到了荒凉的冰岛，
伸出两手，向着肃杀的命运的天：

"给我热！为什么不给我热？
我沉思地期待着伟大的爱情！

---

① 载《大公报·文艺》（香港版）1940年9月5日。

都去掉吧？那些喧嚣，愤怒，血汗，
人间的尘土！我的身体多么洁净。"
然而却冻结在流转的冰川里，
每秒钟嘲笑我，每秒过去了，
那不可挽救的死和不可触及的希望；
　　给我安慰！让我知道

"我自己的恐惧，在欢快的时候，
和我的欢快，在恐惧的时候，
让我知道自己究竟是死还是生，
为什么太阳永在地平的远处绕走……"

窗[1]

——寄敌后方某女士

是不是你又病了，请医生上楼，
指给他那个窗，说你什么也没有？
我知道你爱晚眺，在高踞的窗前，
你楼里的市声常吸有大野的绿色。

从前我在你的楼里和人下棋，
我的心灼热，你害怕我们输赢。
想着你的笑，我在前线受伤了，
然而我守住阵地，这儿是片好风景。

原来你的窗子是个美丽的装饰，
我下楼时就看见了坚厚的墙壁，
它诱惑别人却关住了自己。

---

[1] 载《大公报·文艺》（香港版）1940 年 9 月 12 日。

124

原野上走路①

——三千里步行之二

我们终于离开了渔网似的城市，
那以窒息的、干燥的、空虚的格子
不断地捞我们到绝望去的城市呵！

而今天，这片自由阔大的原野
从茫茫的天边把我们拥抱了，
我们简直可以在浓郁的绿海上浮游。

我们泳进了蓝色的海，橙黄的海，棕赤的海……
　嗽！我们看见透明的大海拥抱着中国，
一面玻璃圆镜对着鲜艳的水果；
一个半弧形的甘美的皮肤上憩息着村庄，
转动在阳光里，转动在一队蚂蚁的脚下，
到处他们走着，倾听着春天激动的歌唱！
听！他们的血液在和原野的心胸交谈，
（这从未有过的清新的声音说些什么呢？）

---

① 载《大公报·综合》（重庆版）1940 年 10 月 25 日。

噢！我们说不出是为什么（我们这样年青）
在我们的血里流泻着不尽的欢畅。
我们起伏在波动又波动的油绿的田野，
一条柔软的红色带子投进了另外一条
系着另外一片祖国土地的宽长道路，
圈圈风景把我们缓缓地簸进又簸出，
而我们总是以同一的进行的节奏，
把脚掌拍打着松软赤红的泥土。

我们走在热爱的祖先走过的道路上，
多少年来都是一样的无际的原野，
（噢！蓝色的海，橙黄的海，棕赤的海……）
多少年来都澎湃着丰盛收获的原野呵，
如今是你，展开了同样的诱惑的图案
等待着我们的野力来翻滚。所以我们走着
我们怎能抗拒呢？噢！我们不能抗拒
那曾在无数代祖先心中燃烧着的希望。

这不可测知的希望是多么固执而悠久，
中国的道路又是多么自由而辽远呵……

华参先生的疲倦[①]

这位是杨小姐，这位是华参先生，
微笑着，公园树荫下静静的三杯茶
在试探空气变化自己的温度。
我像是个幽暗的洞口，虽然倾圮了，
她的美丽找出来我过去的一个女友，
"让我们远离吧，"在蔚蓝的烟圈里消失。
谈着音乐，社会问题，和个人的历史，
顶欢喜的和顶讨厌的都趋向一个目的，
片刻的诙谐，突然的攻占和闪避，
就从杨小姐诱出可亲近的人，无疑地，
于是随便地拜访，专门于既定的策略，
像宣传的画报一页页给她展览。
我看过讨价还价，如果折衷成功，
是在丑角和装样中显露的聪明。

春天的疯狂是在花草，虫声，和蓝天里，
而我是理智的，我坐在公园里谈话，

---

① 载《大公报·综合》（重庆版）1941 年 4 月 24 日。

虽然——

我曾经固执着像一架推草机，

曾经爱过，在山峦的起伏上奔走，

我的脸和心是平行的距离，

我曾经哭过笑过，里面没有一个目的，

我没有用脸的表情串成阴谋

寻得她的喜欢，践踏在我的心上

让她回忆是在泥沼上软软的没有底……

天际以外，如果小河还是自在地流着，

那末就别让回忆的暗流使她凝滞。

我吸着烟，这样的思想使我欢喜。

在树荫下，成双的人们踱着步子。

他们是怎样成功的？

他们要谈些什么？我爱你吗？

有谁终于献出了那一献身的勇气？

（我曾经让生命自在地流去了，

崇奉，牺牲，失败，这是容易的。）

而我是和杨小姐，一个善良的人，

或许是我的姨妹，我是她的弟兄，

或许是负伤的鸟，可以倾心地抚慰，

在祝福里，人们会感到憩息和永恒。

名家诗歌典藏

然而我看见过去，推知了未来，
我必须机警，把这样的话声放低：
你爱吃樱桃吗？不。你爱黄昏吗？
不。
诱惑在远方，且不要忘记了自己，
在化合公式里，两种元素敌对地演习！

而事情开头了，就要没有结束，
风永远地吹去，无尽的波浪推走，
"让我们远离吧，"在蔚蓝的烟圈里消失。

我喝茶。在茶喝过了以后，
在我想横在祭坛上，又掉下来以后，
在被人欣羡的时刻度去了以后，
表现出一个强者，这不是很合宜吗？
我约定再会，拿起了帽子。
我还要去办事情，会见一些朋友，
和他们说请你……或者对不起，我要……
为了继续古老的战争，在人的爱情里。

孤独的时候，安闲在陌生的人群里，
在商店的窗前我整理一下衣襟，
我的精神是我的，没有机会能够放松。

1941 年

春底降临①

现在野花从心底荒原里生长，
坟墓里再不是牢固的梦乡，
因为沉默和恐惧底季节已经过去，
所有凝固的岁月已经飘扬，
虽然这里，它留下了无边的空壳，
无边的天空和无尽的旋转；
过去底回忆已是悲哀底遗忘，
而金盅里装满了燕子底呢喃，

而和平底幻象重又在人间聚拢，
经过醉饮的爱人在树林的边缘，
他们只相会于较高的自己，
在该幻灭的地方痛楚地分离，
但是初生的爱情更浓于理想，
再一次相会他们怎能不奇异；
人性里的野兽已不能把我们吞食，
只要一跃，那里连续着梦神底足迹；

---

① 载《文聚》第一卷第二期 1942 年 4 月 20 日。

而命运溶解了在它古旧的旅程，
纷流进两岸试着疲弱的老根，
这样的圆珠！滋润，嬉笑，随它上升，
于是世界充满了千万个机缘，
桃树，李树，在消失的命运里吸饮，
是芬芳的花园围着到处的旅人。
因为我们是在新的星象下行走，
那些死难者，要在我们底身上复生；

而幸福存在着再不是罪恶，
小时候想象的，现在无愧地拼合，
牵引着它而我们牵引着一片风景：
谁是播种的？他底笑声追过了哭泣，
一如这收获着点首的，迅速的春风，
一如月亮在荒凉的黑暗里招手，
那起伏的大海是我们底感情，
再没有灾难：感激把我们吸引；

从田野到田野，从屋顶到屋顶，
一个绿色的秩序，我们底母亲，
带来自然底合音，不颠倒的感觉，
冬底谎，甜蜜的睡，怯弱的温存，
在她底心里是一个懒散的世界：

因为日，夜，将要溶进堇色的光里
永不停歇；而她底男女的仙子倦于
享受，和平底美德和适宜的欢欣。

1942 年 1 月

伤　害①

这样的感情澎湃又澎湃：
酸涩，是的。因为你们底自尊心
践踏了我底；你们底目光
含蓄，把我底世界包围；
你们底偏见随着冷淡底武器要在
我无防而反复的心上开垦，
你们，你们，你们，
即使你们全是地面，我是海水。

你们是施与者
注来沉郁和外界底影——不，
独立从愉快中伸出来，愉快
把我漂浮。我是拒绝反映的
液体，是抱紧你们的波涛，
我将要笑过嘴里的剑峰，
无形的网，热带和寒带：
没有你们底存在能够拦阻，

---

① 载《贵州日报·革命军诗刊》1942 年 2 月 27 日。

我将向自己底偏见奔跑。
以我底热血和恐怖
那里，把它塑成一个神，
一个神永远底潜伏在海底，
一个神发光，统治，复仇。

我将要歌唱
生底威胁，生底严密；
说我是狭窄的，谁肯
永远忍耐着，等死后的判断和遗忘？
我不愿意存在像不动的真理，
平衡，解说，甚至怜悯
一切胜利和失败底错综，
这一切是吸力，我是海水。
我不愿意你们善良，像贼，
送来歉意，和我妥协，
因为现在是这样真实而孤单的
我拒绝的痛苦：我底记忆！

阻滞的路①

我要回去，回到我已失迷的故乡，
趁这次绝望给我引路，在泥淖里，
摸索那为时间遗落的一块精美的宝藏，

虽然它的轮廓生长，溶化，消失了，
在我的额际，它拍击污水的波纹，
你们知道正在绞痛着我的回忆和梦想，

我要回去，因为我还可以
孩子，在你们的脸上舐到甜蜜，
即使你们歧视我来自一个陌生的远方，

一个谜，一个恶兆，一个坏名誉，
趁我还没有为诽谤完全吞没；
而我追寻的一切都已经避远，

孩子，我要沿着你们望出的方向退回，

---

① 载《大公报·综合》(重庆版) 1942 年 8 月 22 日。

虽然我已曾鉴定不少异地的古玩：
为我憎恶的，狡猾，狠毒，虚伪，什么都有
这些是应付敌人的必需的勇敢，
保护你们的希望，实现你们的理想；
然而我只想回到那已失迷的故乡，

因为我曾是和你们一样的，孩子，
我要向世界笑，再一次闪着幸福的光，
我是永远地，被时间冲向寒凛的地方。

时感四首①

1

多谢你们的谋士的机智，先生，
我们已为你们的号召感动又感动，
我们的心，意志，血汗都可以牺牲，
最后的获得原来是工具般的残忍。

你们的政治策略都非常成功，
每一步自私和错误都涂上了人民，
我们从没有听过这么美丽的言语
先生，请快来领导，我们一定服从。

多谢你们飞来飞去在我们头顶，
在幕后高谈，折冲，策动；出来组织
用一挥手表示我们必须去死
而你们一丝不改：说这是历史和革命。

---

① 载《益世报·文学周刊》1947 年 2 月 8 日。

人民的世纪：多谢先知的你们，
但我们已倦于呼喊万岁和万岁；
常胜的将军们，一点不必犹疑，
战栗的是我们，越来越需要保卫。

正义，当然的，是燃烧在你们心中，
但我们只有冷冷地感到厌烦！
如果我们无力从谁的手里脱身，
先生，你们何妨稍吐露一点怜悯。

2

残酷从我们的心里走出来，
它要有光，它创造了这个世界。
它是你的钱财，它是我的安全，
它是女人的美貌，文雅的教养。

从小它就藏在我们的爱情中，
我们屡次的哭泣才把它确定。
从此它像金币一样的流通，
它写过历史，它是今日的伟人。

我们的事业全不过是它的事业，

在成功的中心已建立它的庙堂，
被踏得最低，它升起最高，
它是慈善，荣誉，动人的演说，和蔼的面孔。

虽然没有谁声张过它的名字，
我们一切的光亮都来自它的光亮；
当我们每天呼吸在它的微尘之中，
呵，那灵魂的颤抖——是死也是生！

3

去年我们活在寒冷的一串零上，
今年在零零零零零的下面我们汗喘，
像是撑着一只破了底的船，我们
从溯水的去年驶向今年的深渊。

忽的一跳跳到七个零的宝座，
是金价？是食粮？我们幸运地晒晒太阳，
00000000 是我们的财富和希望，
又忽的滑下，大小淹没到我们的颈项。

然而印钞机始终安稳地生产，
它飞快地抢救我们的性命一条条，
把贫乏加十个零，印出来我们新的生存，

我们正要起来发威，一切又把我们吓倒。

一切都在飞，在跳，在笑，
只有我们跌倒又爬起，爬起又缩小，
庞大的数字像是一串列车，它猛力地前冲，
我们不过是它的尾巴，在点的后面飘摇。

4

我们希望我们能有一个希望，
然后再受辱，痛苦，挣扎，死亡，
因为在我们明亮的血里奔流着勇敢，
可是在勇敢的中心：茫然。

我们希望我们能有一个希望，
它说：我并不美丽，但我不再欺骗，
因为我看见那么多死去人的眼睛
在我们的绝望里闪着泪的火焰。

当多年的苦难以沉默的死结束，
我们期望的只是一句诺言，
然而只有虚空，我们才知道我们仍旧不过是
幸福到来前的人类的祖先，

还要在无名的黑暗里开辟起点，
而在这起点里却积压着多年的耻辱：
冷刺着死人的骨头，就要毁灭我们一生，
我们只希望有一个希望当做报复。

1947 年 1 月

荒　村①

荒草，颓墙，空洞的茅屋，
无言倒下的树，凌乱的死寂……
流云在高空无意停伫，春归的乌鸦
用力地聒噪，绕着空场子飞翔，
像发现而满足于倔强的人间的
沉默的败溃。被遗弃的大地
是唯一的一句话，吐露给
春风和夕阳——
干燥的风，吹吧，当伤痕切进了你的心，
再没有一声叹息，再没有袅袅的炊烟，
再没有走来走去的脚步贯穿起
善良和忠实的辛劳终于枉然。

他们哪里去了？那稳固的根
为泥土固定着，为贫穷侮辱着，
为恶意压变了形，却从不碎裂的，
像多年的问题被切割，他们仍旧滋生。

---

　①　载《大公报·文艺》（天津版）1947年6月1日及《文学杂志》第二卷
第三期1947年8月。

他们哪里去了？离开了最后一线，
那默默无言的父母妻儿和牧童？
当最熟悉的隅落也充满危险，看见
像一个广大的坟墓世界在等候，
求神，求人的援助，从不敢向前跑去的
竟然跑去了，斩然无尽的岁月
花叶连着根拔去，枯干，无声的，
从这个没有名字的地方我只有祈求：
干燥的风，吹吧，旋起人们无用的回想。

春晚的斜阳和广大漠然的残酷
投下的征兆，当小小的丛聚的茅屋
像是幽暗的人生的尽途，呆立着。
也曾是血肉的丰富的希望，它们张着
空洞的眼，向着原野和城市的来客
留下决定。历史已把他们用完：
它的夸张和说谎和政治的伟业
终于沉入使自己也惊惶的风景。
干燥的风，吹吧，当伤痕切进了你的心，
吹着小河，吹过田垄，吹出眼泪，
去到奉献了一切的遥远的主人！

1947 年 3 月

三十诞辰有感①

1

从至高的虚无接受层层的命令，
不过是观测小兵，深入广大的敌人，
必须以双手拥抱，得到不断的伤痛，

多么快已踏过了清晨的无罪的门槛，
那晶莹寒冷的光线就快要冒烟，燃烧，
当太洁白的死亡呼求到色彩里投生，

是不情愿的情愿，不肯定的肯定，
攻击和再攻击，不过酝酿最后的叛变，
胜利和荣耀永远属于不见的主人。

然而暂刻就是诱惑，从无到有，
一个没有年岁的人站入青春的影子：

① 载《大公报·文艺》（天津版）1947 年 6 月 29 日，题为《诞辰有作》；又载《文学杂志》第二卷第四期 1947 年 9 月改题为《三十诞辰有感》。

重新发现自己，在毁灭的火焰之中。

2

时而剧烈，时而缓和，向这微尘里流注，
时间，它吝啬又嫉妒，创造时而毁灭，
接连地承受它的任性于是有了我。

在过去和未来两大黑暗间，以不断熄灭的
现在，举起了泥土，思想和荣耀，
你和我，和这可憎的一切的分野。

而在每一刻的崩溃上，看见一个敌视的我，
枉然的挚爱和守卫，只有跟着向下碎落，
没有钢铁和巨石不在它的手里化为纤粉。

留恋它像长长的记忆，拒绝我们像冰，
是时间的旅程。和它肩并肩地粘在一起，
一个沉默的同伴，反证我们句句温馨的耳语。

1947 年 3 月

暴　力[①]

从一个民族的勃起
到一片土地的灰烬，
从历史的不公平的开始
到它反复无终的终极：
每一步都是你的火焰。

从真理的赤裸的生命
到人们憎恨它是谎骗，
从爱情的微笑的花朵
到它的果实的宣言：
每一开口都露出你的牙齿。

从强制的集体的愚蠢
到文明的精密的计算，
从我们生命价值的推翻
到建立和再建立：
最得信任的仍是你的铁掌。

---

① 载《益世报·文学周刊》1947年11月22日及《中国新诗》第三集1948年8月。

从我们今日的梦魇
到明日的难产的天堂，
从婴儿的第一声啼哭
直到他的不甘心的死亡：
一切遗传你的形象。

1947 年 10 月

Violence [原诗作者英文自译]

From the rise of a nation
To the ashes of a scorched earth,
From History's unfair beginning
Down to its endless reciprocal end,
Your flame is kindled at every step.

From the naked conception of Truth
To what people hate as bluff,
From Love's smiling flower
Down to the declaration of its fruit,
Your teeth are shown in every utterance.

From forced collective Ignorance
To civilization's accurate account,
From wiping out of our standard of values
Down to its building and rebuilding,
The most trusted is still your iron hand.

From to-day's dreadful nightmare

To the painful descension of To-morrow,

From the newborn babe's first cry

Down to his unconsoled death,

Everything takes exactly after your image.

牺　牲①

因为有太不情愿的负担
使我们疲倦，
因为已经出血的地球还要出血，
我们有全体的苍白，
任地图怎样变化它的颜色，
或是哪一个骗子的名字写在我们头上；

所有的炮灰堆起来
是今日的寒冷的善良，
所有的意义和荣耀堆起来
是我们今日无言的饥荒，
然而更为寒冷和饥荒的是那些灵魂，
陷在毁灭下面，想要跳出这跳不出的人群；

一切丑恶的掘出来
把我们钉住在现在，
一个全体的失望在生长

---

① 载《益世报·文学周刊》1947 年 11 月 22 日及《文学杂志》第二卷第十期 1947 年 11 月。

吸取明天做它的营养，
无论什么美丽的远景都不能把我们移动：
这苍白的世界正向我们索要屈辱的牺牲。

1947 年 10 月

发 现[①]

在你走过和我们相爱以前，
我不过是水，和水一样无形的沙粒，
你拥抱我才突然凝结成为肉体：
流着春天的浆液或擦过冬天的冰霜，
这新奇而紧密的时间和空间；

在你的肌肉和荒年歌唱我以前，
我不过是没有翅膀的喑哑的字句，
从没有张开它腋下的狂风，
当你以全身的笑声摇醒我的睡眠，
使我奇异的充满又迅速关闭；

你把我轻轻打开，一如春天
一瓣又一瓣的打开花朵，
你把我打开像幽暗的甬道
直达死的面前：在虚伪的日子下面
解开那被一切纠缠着的生命的根；

---

① 载《益世报·文学周刊》1947 年 11 月 22 日及《经世日报·文艺》1947
年 11 月 23 日。

你向我走进，从你的太阳的升起
划过天空直到我日落的波涛，
你走进而燃起一座灿烂的王宫：
由于你的大胆，就是你最遥远的边界，
我的皮肤也献出了心跳的虔诚。

1947 年 10 月

我歌颂肉体[①]

我歌颂肉体：因为它是岩石
在我们的不肯定中肯定的岛屿。

我歌颂那被压迫的，和被蹂躏的，
有些人的吝啬和有些人的浪费：
那和神一样高，和蛆一样低的肉体。

我们从来没有触到它，
我们畏惧它而且给它封以一种律条，
但它原是自由的和那远山的花一样，丰富如同
　蕴藏的煤一样，把平凡的轮廓露在外面，
它原是一颗种子而不是我们的奴隶。

性别是我们给它的僵死的诅咒，
我们幻化了它的实体而后伤害它，
我们感到了和外面的不可知的联系
　　　和一片大陆，却又把它隔离。

---

　　① 载《益世报·文学周刊》1947 年 11 月 22 日及《经世日报·文艺》1947
年 11 月 23 日。

那压制着它的是它的敌人：思想，
（笛卡儿说：我想，所以我存在。）
但什么是思想它不过是穿破的衣裳越穿越薄弱
　　越褪色越不能保护它所要保护的，
自由而活泼的，是那肉体。

我歌颂肉体：因为它是大树的根。
摇吧，缤纷的枝叶，这里是你稳固的根基。

一切的事物使我困扰，
一切事物使我们相信而又不能相信，就要得到
　　而又不能得到，开始抛弃而又抛弃不开，
但肉体是我们已经得到的，这里。
这里是黑暗的憩息，

是在这块岩石上，成立我们和世界的距离，
是在这块岩石上，自然寄托了它一点东西，
风雨和太阳，时间和空间，都由于它的大胆的
　　网罗而投在我们怀里。

但是我们害怕它，歪曲它，幽禁它；
因为我们还没有把它的生命认为我们的生命，
　　还没有把它的发展纳入我们的历史，

因为它的秘密远在我们所有的语言之外。

我歌颂肉体：因为光明要从黑暗站出来，
你沉默而丰富的刹那，美的真实，我的上帝。

1947 年 10 月

I Sing Of Flesh [原诗作者英文自译]

I sing of flesh: because it is the rock,
A projection of Certainty in the sea of our uncertainties.

I sing of the suppressed, and the downtrodden,
Miserably hoarded by some and sadistically spent by others,
The lofty as God, and wormy low flesh.

We have never touched what it really is;
Afraid, we squeeze it into a custody of law.
But it should be as free as a flower in the hills, as rich as
    coal in the mine, presenting a barren surface,
It is originally a seed and not our prisoner.

Sex is the curse we seal upon it.
We have twisted its reality and aimed our hurt.
We feel in it a link with the vast Unknown all around us, and
    break ourselves away.

The enemy that suppresses it is: Thought.

(Said Descartes: I think, therefore I exist.)

But Thought to us has become a shabby clothes worn thinner and
more colorless with the years, unable to protect what-
ever it intends to protect,

while free and romping is the flesh.

I sing of flesh: because it is the root of a tree.

Let the full-grown foliage swing, for here is its unshakable base.

Things have baffled me.

They are such that you are o believe and cannot believe, going
to get and cannot get, beginning to turn away from and
yet cannot let go.

But flesh is what we have already got, here;

Here is the dark solitude.

It is upon this rock, we establish our relations with the world;

It is upon this rock, Nature entrusts us with a little of its
essence.

Sun and storm, time and space, all are caught in us by the trap
It has boldly laid.

But we are afraid, twisting and imprisoning it,

Because we have not made its life into our life, we have not written its development into our history,

Because it is a secret far beyond the expression of our speech.

I sing of flesh: for Light will stand out of darkness;

You silent and rich momentariness, Beauty's reality, my Lord.

诗①

1

在我们之间是永远的追寻：
你，一个不可知，横越我的里面
和外面，在那儿上帝统治着
呵，渺无踪迹的丛林的秘密，

爱情探索着，像解开自己的睡眠
无限地弥漫四方但没有越过
我的边沿；不能够获得的：
欢乐是在那合一的根里。

我们互吻，就以为已经抱住了——
呵，遥远而又遥远的。从何处浮来
耳、目、口、鼻，和警觉的刹那，
在时间的旋流上又向何处浮去。

---

① 载《中国新诗》第四集 1948 年 9 月。

你，安息的终点；我，一个开始，
你追寻于是展开这个世界。
但它是多么荒蛮，不断的失败
早就要把我们到处的抛弃。

2

当我们贴近，那黑色的浪潮
突然将我心灵的微光吹息，
那多年的对立和万物的不安
都要从我温存的手指向外死去，

那至高的忧虑，凝固了多少个体的，
多少年凝固着我的形态，
也突然解开，再不能抵住
你我的血液流向无形的大海，

脱净样样日光的安排，
我们一切的追求终于来到黑暗里，
世界正闪烁，急躁，在一个谎上，
而我们忠实沉没，与原始合一，

当春天的花和春天的鸟

还在传递我们的情话绵绵，

但你我已解体，化为群星飞扬，

向着一个不可及的谜底，逐渐沉淀。

1948 年 4 月

葬　歌①

1

你可是永别了，我的朋友？
　　我的阴影，我过去的自己？
天空这样蓝，日光这样温暖，
　　在鸟的歌声中我想到了你。

我记得，也是同样的一天，
　　我欣然走出自己，踏青回来，
我正想把印象对你讲说，
　　你却冷漠地只和我避开。

自从那天，你就病在家里，
　　你的任性曾使我多么难过；
唉，多少午夜我躺在床上，
　　辗转不眠，只要对你讲和。

---

① 载《诗刊》1957 年第五期。

我到新华书店去买些书，

　　打开书，冒出了熊熊火焰，

这热火反使你感到寒栗，

　　说是它摧毁了你的骨干。

有多少情谊，关怀和现实

　　都由眼睛和耳朵收到心里；

好友来信说："过过新生活！"

　　你从此失去了新鲜空气。

历史打开了巨大的一页，

　　多少人在天安门写下誓语，

我在那儿也举起手来：

　　洪水淹没了孤寂的岛屿。

你还向哪里呻吟和微笑？

　　连你的微笑都那么寒伧，

你的千言万语虽然曲折，

　　但是阴影怎能碰得阳光？

我看过先进生产者会议，

　　红灯，绿彩，真辉煌无比，

他们都凯歌地走进前厅，

后门冻僵了小资产阶级。

我走过我常走过的街道，
　　那里的破旧房正在拆落，
呵，多少年的断瓦和残椽，
　　那里还萦回着你的魂魄。

你可是永别了，我的朋友？
　　我的阴影，我过去的自己？
天空这样蓝，日光这样温暖，
　　安息吧！让我以欢乐为祭！

2

"哦，埋葬，埋葬，埋葬！"
"希望"在对我呼喊：
"你看过去只是骷髅，
还有什么值得留恋？
他的七窍流着毒血，
沾一沾，我就会瘫痪。"

但"回忆"拉住我的手，
她是"希望"底仇敌；
她有数不清的女儿，

其中"骄矜"最为美丽；
"骄矜"本是我的眼睛，
我怎能把她舍弃？

"哦，埋葬，埋葬，埋葬！"
"希望"又对我呼号：
"你看她那冷酷的心，
怎能再被她颠倒？
她会领你进入迷雾，
在雾中把我缩小。"

幸好"爱情"跑来援助，
"爱情"融化了"骄矜"：
一座古老的牢狱，
呵，转瞬间片瓦无存；
但我心上还有"恐惧"，
这是我慎重的母亲。

"哦，埋葬，埋葬，埋葬！"
"希望"又对我规劝：
"别看她的满面皱纹，
她对我最为阴险：
她紧保着你的私心，
又在你头上布满

使你自幸的阴云。"
但这回，我却害怕：
"希望" 是不是骗我？
我怎能把一切抛下？
要是把 "我" 也失掉了，
哪儿去找温暖的家？

"信念" 在大海的彼岸，
这时泛来一只小船，
我遥见对面的世界
毫不似我的从前；
为什么我不能渡去？
"因为你还留恋这边！"

"哦，埋葬，埋葬，埋葬！"
我不禁对自己呼喊；
在这死亡底一角，
我过久地漂泊，茫然；
让我以眼泪洗身，
先感到忏悔的喜欢。

3

就这样，像只鸟飞出长长的阴暗甬道，
我飞出会见阳光和你们，亲爱的读者；
这时代不知写出了多少篇英雄史诗，
而我呢，这贫穷的心！只有自己的葬歌。
没有太多值得歌唱的：这总归不过是
一个旧的知识分子，他所经历的曲折；
他的包袱很重，你们都已看到；他决心
和你们并肩前进，这儿表出他的欢乐。
就诗论诗，恐怕有人会嫌它不够热情：
对新事物向往不深，对旧的憎恶不多。
也就因此……我的葬歌只算唱了一半，
那后一半，同志们，请帮助我变为生活。

1957 年

问①

生活呵，你握紧我这支笔
一直倾泻着你的悲哀，
可是如今，那婉转的夜莺
已经飞离了你的胸怀。

在晨曦下，你打开门窗，
室中流动着原野的风，
唉，叫我这支尖细的笔
怎样聚敛起空中的笑声？

1957 年

---

① 载《人民文学》1957 年第七期。

我的叔父死了[①]

我的叔父死了，我不敢哭，
我害怕封建主义的复辟；
我的心想笑，但我不敢笑：
是不是这里有一杯毒剂？

一个孩子的温暖的小手
使我忆起了过去的荒凉，
我的欢欣总想落一滴泪，
但泪没落出，就碰到希望。

平衡把我变成了一棵树，
它的枝叶缓缓伸向春天，
从幽暗的根上升的汁液
在明亮的叶片不断回旋。

1957 年

---

① 载《人民文学》1957 年第七期。

170

"也许"和"一定"①

也许，这儿的春天有一阵风沙，
不全像诗人所歌唱的那般美丽；
也许，热流的边沿伸入偏差
会凝为寒露：有些花瓣落在湖里；
数字底列车开得太快，把"优良"
和制度的守卫丢在路边叹息；
也许官僚主义还受到人们景仰，
因为它微笑，戴有"正确"底面幕；
也许还有多少爱情的错误
对女人和孩子发过暂时的威风，——
这些，岂非报纸天天都有记述？

敌人呵，快张开你的血口微笑，
对准我们，对准这火山口冷嘲。

就在这里，未来的时间在生长，
在沉默下面，光和热的岩流在上涨；

---

① 载《人民文学》1957年第七期。

哈，崭新的时间，只要它迸发出来，
你们的"历史"能向哪儿躲藏？
你们的优越感，你们的凌人姿态，
你们的原子弹，盟约，无耻的谎，
还有奴隶主对奴役真诚的喝彩，
还有金钱，暴虐，腐朽，联合的肯定：
这一切呵，岂不都要化为灰尘？
敌人呵，随你们的阴影在诽谤
因为，这最后的肯定就要出生；
它一开口，阴影必然就碰上光亮，
如今，先让你们写下自己的墓铭。

1957 年

妖女的歌

一个妖女在山后向我们歌唱，
"谁爱我，快奉献出你的一切。"
因此我们就攀登高山去找她，
要把已知未知的险峻都翻越。

这个妖女索要自由、安宁、财富，
我们就一把又一把地献出，
丧失的越多，她的歌声越婉转，
终至"丧失"变成了我们的幸福。

我们的脚步留下了一片野火，
山下的居民仰望而感到心悸；
那是爱情和梦想在荆棘中的闪烁，
而妖女的歌已在山后沉寂。

1975 年

智慧之歌

我已走到了幻想底尽头，
这是一片落叶飘零的树林，
每一片叶子标记着一种欢喜，
现在都枯黄地堆积在内心。

有一种欢喜是青春的爱情，
那是遥远天边的灿烂的流星，
有的不知去向，永远消逝了，
有的落在脚前，冰冷而僵硬。

另一种欢喜是喧腾的友谊，
茂盛的花不知道还有秋季，
社会的格局代替了血的沸腾，
生活的冷风把热情铸为实际。

另一种欢喜是迷人的理想，
它使我在荆棘之途走得够远，
为理想而痛苦并不可怕，
可怕的是看它终于成笑谈。

只有痛苦还在，它是日常生活
每天在惩罚自己过去的傲慢，
那绚烂的天空都受到谴责，
还有什么彩色留在这片荒原？

但唯有一棵智慧之树不凋，
我知道它以我的苦汁为营养，
它的碧绿是对我无情的嘲弄，
我咒诅它每一片叶的滋长。

1976 年 3 月

理智和感情①

1 劝告

如果时间和空间

是永恒的巨流，

而你是一粒细沙

随着它漂走，

一个小小的距离

就是你一生的奋斗，

从起点到终点

让它充满了烦忧，

只因为你把世事

看得过于永久，

你的得意和失意，

你的片刻的聚积，

转眼就被冲去

在那永恒的巨流。

---

① 载《诗刊》1987 年第二期，总标题为《穆旦遗诗六首》。

2 答复

你看窗外的夜空
黑暗而且寒冷，
那里高悬着星星，
像孤零的眼睛，
燃烧在苍穹。
它全身的物质
是易燃的天体，
即使只是一粒沙
也有因果和目的：
它的爱憎和神经
都要求放出光明。
因此它要化成灰，
因此它悒郁不宁，
固执着自己的轨道
把生命耗尽。

1976 年 3 月

冥　想①

1

为什么万物之灵的我们，
遭遇还比不上一棵小树？
今天你摇摇它，优越地微笑，
明天就化为根下的泥土。
为什么由手写出的这些字，
竟比这只手更长久，健壮？
它们会把腐烂的手抛开，
而默默生存在一张破纸上。
因此，我傲然生活了几十年，
仿佛曾做着万物的导演，
实则在它们永久的秩序下
我只当一会儿小小的演员。

---

① 载《诗刊》1987年第二期，总标题为《穆旦遗诗六首》。

2

把生命的突泉捧在我手里，
我只觉得它来得新鲜，
是浓烈的酒，清新的泡沫，
注入我的奔波、劳作、冒险。
仿佛前人从未经临的园地
就要展现在我的面前。
但如今，突然面对着坟墓，
我冷眼向过去稍稍回顾，
只见它曲折灌溉的悲喜
都消失在一片亘古的荒漠，
这才知道我的全部努力
不过完成了普通的生活。

1976 年 5 月

春①

春意闹：花朵、新绿和你的青春
一度聚会在我的早年，散发着
秘密的传单，宣传热带和迷信，
激烈鼓动推翻我弱小的王国；

你们带来了一场不意的暴乱，
把我流放到……一片破碎的梦；
从那里我拾起一些寒冷的智慧，
卫护我的心又走上了途程。

多年不见你了，然而你的伙伴
春天的花和鸟，又在我眼前喧闹，
我没忘记它们对我暗含的敌意
和无辜的欢乐被诱入的苦恼；

你走过而消失，只有淡淡的回忆
稍稍把你唤出那逝去的年代，

---

① 载《诗刊》1980 年第二期，总标题为《穆旦遗作选》。

而我的老年也已筑起寒冷的城，
把一切轻浮的欢乐关在城外。
被围困在花的梦和鸟的鼓噪中，
寂静的石墙内今天有了回声
回荡着那暴乱的过去，只一刹那，
使我悒郁地珍惜这生之进攻……

1976 年 5 月

友　谊①

1

我珍重的友谊，是一件艺术品
被我从时间的浪沙中无意拾得，
挂在匆忙奔驰的生活驿车上，
有时几乎随风飘去，但并未失落；

又在偶然的遇合下被感情底手
屡次发掘，越久远越觉得可贵，
因为其中回荡着我失去的青春，
又富于我亲切的往事的回味；

受到书信和共感的细致的雕塑，
摆在老年底窗口，不仅点缀寂寞，
而且像明镜般反映窗外的世界，
使那粗糙的世界显得如此柔和。

① 载《诗刊》1980 年第二期，总标题为《穆旦遗作选》。

2

你永远关闭了，不管多珍贵的记忆
曾经留在你栩栩生动的册页中，
也不管生活这支笔正在写下去，
还有多少思想和感情突然被冰冻；

永远关闭了，我再也无法跨进一步
到这冰冷的石门后漫步和休憩，
去寻觅你温煦的阳光，会心的微笑，
不管我曾多年沟通这一片田园；

呵，永远关闭了，叹息也不能打开它，
我的心灵投资的银行已经关闭，
留下贫穷的我，面对严厉的岁月，
独自回顾那已丧失的财富和自己。

1976 年 6 月

沉　没

身体一天天坠入物质的深渊，
首先生活的引诱，血液的欲望，
给空洞的青春描绘五色的理想。

接着努力开拓眼前的世界，
喜于自己的收获愈来愈丰满，
但你拥抱的不过是消融的冰山：

爱憎、情谊、职位、蛛网的劳作，
都曾使我坚强地生活于其中，
而这一切只搭造了死亡之宫；

曲折、繁复、连心灵都被吸引进
日程的铁轨上急驰的铁甲车，
飞速地迎来和送去一片片景色！

呵，耳目口鼻，都沉没在物质中，
我能投出什么信息到它窗外？

什么天空能把我拯救出"现在"？

1976 年

好　梦①

因为它曾经集中了我们的幻想，
它的降临有如雷电和五色的彩虹，
拥抱和接吻结束了长期的盼望，
它开始以魔杖指挥我们的爱情：
　　让我们哭泣好梦不长。

因为它是从历史的谬误中生长，
我们由于恨，才对它滋生感情，
但被现实所铸成的它的形象
只不过是谬误底另一个幻影：
　　让我们哭泣好梦不长。

因为热血不充溢，它便掺上水分，
于是大挥彩笔画出一幅幅风景，
它的色调越浓，我们跌得越深，
终于使受骗的心粉碎而苏醒：
　　让我们哭泣好梦不长。

---

①　载《大公报·文学》（香港）1993 年 8 月 25 日，总标题为《穆旦遗作二首》。

因为真实不够好，谎言变为真金，
它到处拿给人这种金塑的大神，
但只有食利者成为膜拜的一群，
只有仪式却越来越谨严而虔诚：
　　　让我们哭泣好梦不长。

因为日常的生活太少奇迹，
它不得不在平庸之中制造信仰，
但它造成的不过是可怕的空虚，
和从四面八方被嘲笑的荒唐：
　　　让我们哭泣好梦不长。

　　　　　　　　　　　　　　　　1976 年

问①

我冲出黑暗，走上光明的长廊，
而不知长廊的尽头仍是黑暗；
我曾诅咒黑暗，歌颂它的一线光，
但现在，黑暗却受到光明的礼赞：
　　心呵，你可要追求天堂？

多少追求者享受了至高的欢欣，
因为他们播种于黑暗而看不见。
不幸的是：我们活到了睁开眼睛，
却看见收获的希望竟如此卑贱：
　　心呵，你可要唾弃地狱？

我曾经为唾弃地狱而赢得光荣，
而今挣脱天堂却要受到诅咒；
我是否害怕诅咒而不敢求生？
我可要为天堂的绝望所拘留？
　　心呵，你竟要浪迹何方？

---

① 　此诗据作者家属提供的未发表稿编入。写作时间推测为 1976 年。